아버지라는 이름의
아버지

아버지라는 이름의
아버지

2008년 3월 17일 초판 1쇄 발행
2008년 6월 5일 초판 2쇄 발행

지은이 | 오승훈
펴낸이 | 김태화
펴낸곳 | 파라북스

주 간 | 이성옥
기 획 | 조은주, 홍효은
책임편집 | 전지영
마케팅 | 박경만
본문디자인 | 엔드디자인
관 리 | 이연숙

등록번호 | 제313−2004−000003호
등록일자 | 2004년 1월 7일
전화 | 02) 322−5353
팩스 | 02) 334−0748
주소 | 서울특별시 마포구 서교동 343−12
홈페이지 | www.parabooks.com

ISBN 978−89−91058−96−5(03810)

*값은 표지 뒷면에 있습니다.

아버지라는 이름의

아버지

— 대한민국 4060,
아버지를 토하다

| 오승훈 지음 |

파라북스

: 아버지와 자식의 이야기

누구에게나 아버지가 있다. 그 인연의 고리로 우리는 존재한다. 하지만 아버지와 자식 간에 벌어진 이야기는 어느 것 하나 닮은 게 없다. 무수히 많은 사람들이 그 관계를 궁리해왔음에도 시대와 사회가 바뀔 때마다 늘 새로운 화두처럼 여겨지는 것은 그 때문일지 모른다.

아버지와 자식의 관계는 우리 삶에 마술을 부린다. 나와 가장 가까운 사람에 대한 것이지만 제대로 들어보거나 말해본 적이 없는 낯선 이야기다. 가장 정겨울 것 같으면서도 오랜 상처를 확인할 각오가 필요한 서글픈 이야기다. 너무 곡절이 많아서 정작 입을 떼려면 망설여지는 쑥스러운 이야기다. 스스로 말하다가 저도 모르게 무릎을 치게 되는 놀라운 이야기이고, 더 큰 상처를 만들지도 모르는 위험한 이야기다. 그게 아버지와 자식 간의 기묘한 인연이다.

그런 이야기에 큰 관심을 두고 살아온 편은 아니었다. 내게 아버지는 가끔씩 젊은 날을 추억할 때마다 배경그림처럼 서 있는 존재였다. 그렇게 미뤄두고 싶은 아버지였을 것이다. 그런데 내가 "아버지!"라고 불리고, 그 즐거움과 곤혹스러움을 함께 껴안아 살기 시작할 즈음 아버지는 배경그림에서 걸어나와 내게 물었다. "너는 아버지 노릇을 잘하고 있느냐?"

한동안 그 물음에 답을 내놓지 못해 안절부절 못했다. 내가 일상에서 재연하고 있는 아버지의 모습을 확인하며 소스라지게 놀랄 때가 많아졌고, 내 아이들에 대한 미안함과 불편한 마음도 커져갔다. 썩 그르치게 살아오지는 않았다고 생각했는데, '아버지 되기'가 쉽지 않았다.

나 혼자 그런 통증을 겪고 있는 것은 아닐 터였다. 그래서 주변에 아버지와 자식이라는 그 질긴 인연에 대한 풀이를 부탁하는 일이 잦아졌다. 살아가는 모양새가 좋아 보이는 지인이나 선배들을 만나면 으레 아버지 타령을 늘어놓았다. "선배의 아버지는 좋은 분이셨나요?" "그래서 형님은 자식들에게도 괜찮은 아버지가 되던가요?" "그래서 자식들에게 무엇을 남겨주실 건가요?"

밑도 끝도 없는 질문 공세를 당한 그들은 내 고통이 알 만하다는 듯이 이 세상에 하나뿐인 자신들의 사연을 진솔하게 전해주었다. 아버지와 나, 그리고 자식으로 이어지는 인연의 고리를 짐작할 수 있게 해준 것이다.

그 고리를 나는 '아버지 유전자'로 부르기로 했다. 삶의 방식, 태도, 성향, 인식뿐만 아니라 자식의 앞날에 운명처럼 드리우고 있는 그림자까지 아버지의 정신적 유산을 통칭하는 것이다. 그 무모한 유전자 찾기에 김근태 의원, 예인(藝人) 한대수, 최재원 SK E&S 부회장, 박진 한국개발연구원(KDI) 국제정책대학원 교수, 함인선 건원건축 대표이사, 이성주 한국예술종합학교 교수, 박상훈 사진작가, 한기호 출판평론가가 기꺼이 동참해주었다.

그들은 모두 한국사회의 각 분야에서 일가(一家)를 이뤄 자긍심 가득한 삶을 살고 있다. 그들과의 대화는 아버지라는 프리즘을 통해 자신의 현재를 재구성해보는 성찰의 시간이었다. 또한 아버지와 자식의 삶을 동렬에 놓고 긍정하려는 다짐의 시간이기도 했다.

그 이야기를 들으며 나는 탄복하고, 감동하고, 공감하고, 콧날이 시큰해지는 순간을 놓치지 않고 글로 옮기려 했다. 그걸 공유하는 것이 나의 '아버지 성장통'을 치유하는 묘약이라고 생각했다. 그게 세상이 이런저런 조건의 '좋은 아버지'가 되라고 윽박지르는 압박에서 벗어나 크게 틀리지 않게 사는 것만으로도 '아버지라는 이름의 아버지'로서 자부심을 되찾는 길이라고 생각했다.

모든 아버지들이 그 길에 대해 공감하기를 기대하기는 어려울 것이다. 다만 내남없이 자식들에게 무엇을 물려주어야 하는지 고민스런 나날을 보내고 있는 아버지들에게 잠시 공감과 위로를 줄 수 있는 이야기들이 되기를 바란다.

그리 흉하지 않게 책을 엮어낼 수 있게 된 공로는 8명의 '공모자'들에게 가장 먼저 돌려야 할 것이다. 남에게 자신의 속살을 보여주는 일은 사실 민망한 일이다. 그 속살이 아무리 곱더라도 본능적인 낯가림은 어쩔 수 없다. 하물며 깊은 흉터라도 남아 있다면 내보이는 것 자체가 고통일 수 있다. 그런데도 나의 '수작'을 허락해주고, 불편한 시간을 감내해준 그늘에게 한없는 존경의 마음을 보낸다.

그리고 탈고할 때까지 글을 고치는 일이 일상이 되다시피 했는데도 그 긴 여정을 인내하면서 이 세상과 책으로 만나게 해준 파라북스 가족들에게도 깊은 고마움을 전한다. 내가 불민한 탓인지, 누군가의 배려를 알아채는 것은 항상 때늦다.

2008년 2월
오승훈

아버지와
기업가 유전자

- 최재원 SK E&S 부회장

……"아버지가 우리에게 강조한 것은 돈을 이렇게 벌어라,

그런 얘기보다는 '너희가 하고 싶은 것을 하라' 는 것이었어요.

우리에게는 그 말씀이 더 큰 영향을 미쳤어요."……………

최재원

1963년 수원 출생. 최종현 전 SK그룹 회장의 차남으로 브라운대(물리학), 스탠퍼드대 대학원(재료공학)을 거쳐 하버드대에서 MBA를 마친 뒤 SKC 경영지원본부장, SK텔레콤 IMT2000사업추진위 전무, 부사장 등을 역임하며 재계의 차세대 리더로 입지를 다졌다. 현재 SK E&S 대표이사 부회장이다.

언젠가 우연히 주역에 심취한 교수와 잠시 동석했다가 격에 어울리지 않는 논쟁을 한 적이 있다. 논제는 '타고난 씨'가 있느냐는 것이다. 그 학자는 이른바 명문가의 남다른 이야기에 관한 책까지 낸 인사였다. 그를 향해 내가 '만들어진 능력'론(論)을 들이대는 것은 논리가 빈약한 막무가내의 저항 같은 것일 수밖에 없었다.

일상생활에서도 타고난 씨에 대한 믿음들이 더 우세하다. 누구나 권력을 탐하지만 '왕후장상의 씨는 따로 있다'고 하지 않는가. '이제는 정보가 돈'이라며 온갖 투자분석에 관한 책들이 쏟아져나오는데도, 여전히 '부자는 타고난다'는 옛 말이 더 많이 인용되는 세상이다. 모든 일의 성패에도 노력과 능력의 문제를 따지기보다 운칠기삼(運七技三) 운운하며 얼버무려버리는 습성이 많이 남아 있다.

그러나 어느 쪽을 인정하건 그 해법이 간단치 않다. 어디까지가 타고난 씨에 매인 일인지, 만들어진 능력에 의지해야 할 일인지를 분간하는 게 난제다.

게다가 씨의 문제에도 두 가지 요소가 겹쳐 있다. 생물학적 유전자와 가풍(家風)이 융합돼 있다. 선천적인 자질과 후천적인 문화(혹은 교육)는 삶의 성패를 좌우하는 중요한 열쇠로 선후를 쉽사리 판가름할 수 없는 것이다. 그래서 세인들은 특별한 집안의 특별한 교육법을 궁금해한다. 이것이 '명문가의 ○○'라는 책제목이 주는 강렬한 호기심에 눈을 떼지 못하는 이유일 것이다.

최재원(1963년~) SK E&S 부회장과 만났을 때도 내 머릿속은 명문가의 중요한 키워드를 찾을 수 있지 않을까 하는 기대로 가득했다. 그는 SK(선경의 후신)라는 이름을 국내 5대 기업집단의 반열에 올려놓은 최종현(1929~1998년) 전 회장의 둘째아들이다. 현재 SK그룹을 이끌고 있는 최태원(1960년~) 회장의 동생이자, 그룹경영의 한 축을 떠맡고 있는 전문경영인이다.

게다가 SK만의 독특한 기업문화를 봐도 그에게는 '아버지와 자식'이라는 주제를 들이댈 만한 소재가 충분했다. 그룹의 태동기는 최종현 전 회장과 그의 맏형이자 창업주인 최종건 전 회장의 '형제경영'이었다. 최종현 전 회장은 1973년 형이 세상을 뜨자 경영권을 이어받아 기업의 토대를 세웠다.

　그런데 최 전 회장이 1998년 폐암으로 세상을 뜬 후에 SK는 전문경영인 체제로 출범했다가 다시 2세들이 전면에 나서 새로운 창업시대를 열어가고 있다. 최태원-최재원 형제뿐만 아니라 최신원 SKC 회장-최창원 SK케미칼 부회장 등 사촌들로 확대된 '형제경영'의 대를 잇고 있는 것이다. 그러면서도 경영권 분쟁과 관련한 뉴스를 접하기 힘들고, 형제경영은 전문경영인들까지 참여한 '따로 또 같이' 체제로 강조되기까지 한다. 수직적 위계를 갖춰가는 통상적인 기업승계와는 사뭇 다른 모습이다.

　나의 궁금증을 자극한 또 다른 요인은 최종현 전 회장의 제1 경영철학이었던 '인간 위주의 경영'이 자식 대에서 어떻게 이어지고 있는지였다. 사람과 조직을 바라보는 새로운 문을 열었던 아버지는 자식들을 어떻게 가르쳤을까? 대기업 회장이었던 아버지가 자식들에게 물려준 남다른 정신적 유산은 무엇이었을까? 경영수업도 특별하지 않았을까? 그런 아버지를 자식들은 어떻게 기억하고 있을까?

　최 부회장과의 만남은 숱한 기업들의 성쇠를 지켜보면서 저도 모르게 굳어진 막연한 선입견들과 호기심으로 가득찬 눈으로 기업가 집안의 유전자와 가풍을 들여다보는 짧은 탐험이었다.

아버지와 기업가 유전자

_경영수업은 없다

최재원 부회장에 대한 인상평은 '쿨하다'는 조어가 가장 적합할 것 같다. 그의 외모와 태도가 주는 느낌만이 아니라 주변까지 그래 보였다. 별다른 장식이 없는 그의 사무실은 불필요한 치장은 걷어내고야 마는 주인의 성향을 보는 듯했다.

"반갑습니다"라고 인사하는 음성과 표정에선 대기업을 이끄는 40대 CEO 특유의 자신감이 묻어났다. 의례적인 인사를 나누고 마주 앉아 빤히 쳐다보는데, 그 표정은 꼭 "어서 본론으로 들어갑시다"라는 의미 같았다.

질문에 대한 대답도 그가 일러주는 대로 받아써놓으면 기사 문장으로 바꾸는 데 별로 뺄 것이 없는 경제적인 어법이다. 가로질러가다가 핵심을 빠뜨리거나, 에둘러 얘기하다가 곁가지로 흐르는 일이 없었다. 아마 그가 주재하는 임원회의도 그런 풍경일 것이라고 짐작하고도 남았다.

— 성격이 과묵한 편인가요?

"(웃음) 말을 그렇게 많이 하는 편은 아니지요. 그래도 할 말이 있으면 많이 합니다. 최 회장님(최태원 회장을 말한다)은 나보다 더 심해요. 함께 차를 타고 어디 갈 때도 별로 말이 없어요. 조용합니다. 학생 때 형님과 함께 미국에 간 적이 있는데, 마중 나온 외삼촌도 말씀이 없는 분이셨어요. '반갑다, 많이 컸구나' 라는 인사를 하곤 2시간 동안 이동하면서 세 사람이 서로 아무 말도 하지 않았습니다. 그래도 전혀 불편하지 않았어요(웃음)."

— 감정을 표현하지 않으면 대개 잔정이 없다는 얘기를 듣는데요.

"내가 입을 닫고 있으면 상대가 '나를 싫어하나 보다' 라고 오해를 할 때가 있지요. 내가 표현을 잘 하지 않아서 그런 것 같아요. 아버지도 그런 편이셨어요. 아버지가 별로 말씀이 없으실 때는 누가 보면 '저 사람 화났나' 라고 생각할 정도였죠. 세 부자가 다 그랬던 편인 것 같아요. 호불호가 확실한 성격이지요."

그 성격은 아버지의 대물림인 게 분명했다. 홍사중 전 조선일보 고문은 최 전 회장과의 우정을 회고한 책《나는 한 없이 살았다》에서 "그는 언제나 마치 뱃속에 구렁이가 열 마리쯤은 있는 사람처럼 좀처럼 희로애락을 나타내지 않았다. 그가 유일하게 감추는 데 서툰 것이 노여움이었다. 그 이외의 감정을 숨기는 데는 도사였다"고 했다.

하지만 아버지의 '특별한 대물림'이 더 궁금했다. 최재원은 26세인 1989년 선경그룹의 전신 미주경영기획실을 시작으로 회사에 참여하기 시작해 42세인 2005년에는 그룹 내 도시가스 공급업체들의 지주회사 격인 SK E&S 대표이사(부회장),

2006년에는 LPG 수출입업체인 SK가스 대표이사(부회장)에 올라 차세대 재계리더로 입지를 다졌다.

그런 이력만 보면 최 부회장은 재벌가의 왕재(王才)교육을 받았다 싶을 정도로 예비경영인의 코스를 밟아왔다. 아버지의 배려로 비칠 만도 한데, 그건 섣부른 예단이었다.

— 아버지에게 회사문제를 상의할 때 특별한 가르침을 주셨나요?

"아버지는 회사문제를 의논드릴 때마다 한마디로 정리해버렸어요. '네 문제로구나. 네 문제를 왜 나에게 가져오느냐'고 하셨어요. '네가 조직에서 맡고 있는 문제이니 네가 풀어야 한다'는 취지였지요. 한참 동안 얘기를 다 들어주시고 나서 그러시니, 내 입장에선 황당했어요.

그런데 그러시는 이유가 분명했습니다. '네가 뭘 모르는지를 알아야 한다'는 겁니다. 처음 회사에서 일에 부딪히면 대부분 어디서부터 풀어야 할지를 모르는 경우가 많습니다. 그 상태가 자신이 뭘 모르는지를 모르는 것이지요. 아버지는 '자신이 뭘 모르는지를 아는 것이 중요하다'는 것을 강조하고 싶으셨던 겁니다."

— 외부에선 아버지의 특별한 경영수업이 있었을 거라고 생각하는 사람들이 많습니다.

"경영수업이라는 말은 어폐가 있어요. 그 말은 회사에 대한

최재원 부회장의 결혼 당시 최종현 전 회장 등 가족들과 함께한 모습

1980년대 초반 최종현 전회장과 가족. 부인 박계희 여사,
장남 태원, 차남 재원, 최 전 회장, 막내딸 기원(왼쪽부터)

일을 배운다는 의미인데, 그런 것은 신입사원 때부터 모두가 하는 것입니다. 회사의 모든 과정이 경영수업인 셈이죠. 누가 경영수업이라고 따로 정해서 가르쳐주는 것도 아니고요. 자기가 알아서 배우는 겁니다. 동료에게 배우고 윗사람에게 배우는 것이지요."

— 그래도 일찍 회사경영에 참여했는데요. 아버지의 뜻이 아니었나요?

"그렇지는 않았습니다. 나는 대학 졸업하면서 생각을 많이 했어요. 대학(브라운대)에서 물리학을 전공한 뒤 공부를 더 하고 싶어서 대학원(스탠포드대)을 진학했어요. 물리학은 세상에 나오면 직접 이용되는 학문이 아니어서 쓸 만한 응용분야를 찾다가 재료공학을 2년 더 공부했죠. 그때 공부를 많이 했어요. 나중에 기술관련 논문이나 글을 읽어도 전혀 거부감이 없게 된 것은 그 덕을 본 게 큽니다. 새로운 기술에 대해 흥미도 많았고요.

그러던 중에 회사도 한번 들어가서 일을 해보자는 생각이 들어서 미국지사에 들어갔는데, 그것도 나름대로 재미가 있었어요. 그런데 그 사무실에 경영학석사(MBA) 출신들이 많았어요. 그 사람들이 하는 얘기를 자기들끼리는 알아듣는데, 나만 못 알아듣는 게 있는 겁니다. 이건 문제가 있다고 생각해서 나도 MBA(하버드대) 과정을 밟았지요."

— 자본시장 분야에 밝은 것으로 알려져 있는데요.

"내가 모르는 곳을 찾아서 옮겨다닌 것뿐입니다. 일본 야마이치 증권의 미국법인에서 채권 담당자로 일한 경력이 있어서 남들보다 조금 더 자본시장을 잘 이해하게 됐어요. 나더러 '○○분야의 고수' 운운하던데, 그 정도는 아닙니다. 다만 남의 회사에서 급여를 받을 만큼 일을 하려면 그 분야를 잘 알아야 하는 것이고, 역으로 그 정도는 되니까 돈을 받으며 근무했겠지요.

그 다음에는 제조업(SKC)으로 갔고, 이어서 서비스업(SK텔레콤)으로 옮겼어요. 내가 궁금한 것들이 많아서 일을 하다 보니 여기까지 온 것 같아요."

— 어릴 때부터 호기심이 많았나요?

"시계 뜯어보기를 좋아했어요. 많은 시계들이 고생을 했지요. 자동차 기계도 좋아해서 누가 차를 고친다고 하면 꼭 따라가서 지켜보곤 했어요. 아버지는 사진을 좋아하셨죠. 젊은 시절에 필름용액을 손수 제조해서 인화까지 하셨어요. 그래서 아버지는 화학을 전공한 것 같아요. 나는 기계를 좋아해서 물리와 재료공학을 공부하게 됐고요."

— 아버지가 생전에 상속문제를 구체적으로 언급하지 않으셨나요?

"아버지는 우리 형제에게 '회사를 받고 싶으면 받고 받기 싫으면 관둬라. 그 대신 회사를 받게 되면 책임까지 함께 갖고 가야 한다'고 하셨어요. 아버지가 돌아가신 뒤 형님이 상속받은 지분이 약 1,500억 원 정도였어요. 당시는 금융구조상 기업에 자금을 빌려주면 회장들이 지급보증을 서야 했죠. 상속 당시 SK그룹 계열사 차입금 중 개인 지급보증이 6조 원에 달했어요. 부채금액만 놓고 보면 상속포기를 할 만한 상황이었던 겁니다.

회사로 들어가기로 한 것은 전적으로 우리 형제의 선택이었어요. 한 치 앞도 내다보기 어려운 외환위기 초기였고, 망설일 수가 없었어요."

'경영수업은 없었다'고 단언하는 아들, 그리고 기업경영의 승계문제에 독특한 생각을 지녔던 아버지는 여러 모로 일맥상통했다. 최 전 회장은 생전에 후계구도나 지분정리에 전혀 준비를 하지 않았다고 한다. 누가 지분상속에 대해 물으면 "자기들이 알아서 해야지 뭣 때문에 그것을 해줘야 하느냐"고 대수롭지 않게 넘겼다.

평소에는 "기업은 개인의 소유물이 아니다. 나는 아무리 아들이라도 능력이 없다면 회사를 물려줄 생각이 없다. 경영은 가장 잘할 수 있는 사람이 하는 것이 맞다"고 말하곤 했다. 기업 최고경영자의 자질은 출신보다 능력이 우선이라고 생각했던 것이다.

_배움을 물려준다

기업도 능력을 봐가며 물려주겠다고 공언했던 아버지는 경영수업에 앞서 철저한 인생수업을 진행했다. 최태원 회장은 1999년 아버지의 1주기 추모식에서 이렇게 회고했다.

선친께서는 지식의 필요성을 가르쳐주셨습니다. 항상 저희 자식들에게 '내가 물려주고 싶은 재산은 물적 재산이 아니라 지적 재산이다. 지식이 있으면 재물은 따라온다. 허나 지식 없이 재물만 있다면 그 재물은 오히려 사람을 불행하게 만든다'고 하시며 지식을 쌓을 것을 권유하셨습니다.

큰아들의 회고대로 최 전 회장의 유산은 물적 재산 못지않은 지적 재산이 큰 비중을 차지한다. 어린 최재원이 초등학교까지 성장하던 시기는 아버지가 한창 SK의 전신인 선경합섬을 일으켜세우던 때였다. 사장님댁 자제들이 곱게 자랄 '온실'이 없었다. 그걸 허락할 아버지도 아니었던 것 같다. 배움에 대한 각별한 이야기들만이 자식들이 지닌 어린 시절 아버지에 대한 기억으로 생생하게 남아 있다.

— 어린 시절에는 아버지가 가족들에게 크게 관심을 주지 못했을 것 같은데요.

"아무래도 매일 회사일로 늦게 들어오시고 약주도 많이 하시고, 주말에는 골프 약속에 나가시던 시절이어서 그런 측면이 많았습니다. 하지만 아버지는 바쁜 와중에도 자식들을 위해 시간을 내려고 많이 노력하셨어요. 골프장에 갈 때는 우리 형제들을 함께 데리고 가서, 미리 클럽하우스에서 식사를 함께하고 우리를 먼저 집으로 보낸 뒤에 골프를 치실 정도였으니까요."

— 어린 시절 아버지에 대해서 가장 선명하게 남아 있는 기억은 어떤 것인지요?

"아버지는 자식들과 대화하고 토론하는 것을 무척 좋아하셨어요. 대개는 저녁 자리에서였는데, 남들이 보면 '저 집안이 이상하다'고 생각할 정도로 오래 이어졌어요. 저녁 7시에 시작하면 밤 10시 정도까지 계속될 때가 많았지요. 저녁을 먹는 것보다는 대화를 많이 나누는 것이 중요했던 겁니다. 아주 어렸을 때는 이런저런 얘기를 나눌 수준이 되지 않아서 여의치 않았지만, 중학생쯤부터 아버지와 본격적으로 토론을 했어요."

— 주로 어떤 주제들이 등장했나요?

"아버지는 다양한 질문들을 던지셨어요. 수학, 과학에서부터 사회문제까지 죄다 나왔죠. 집을 짓는 데는 이런 규제가 문제다, 모두가 아파트만 짓고 있는데 문제가 있는 것 아니냐, 그런 얘기부터 미분과 적분의 개념도 주제가 됐어요.

디지털이 무엇이냐는 문제도 나왔어요. 왜 디지털이 더 좋은 것인지 설명해봐라, 컴퓨터의 CPU는 왜 4의 배수로 나가느냐 등을 놓고 토론을 벌였어요. 지금도 간단히 정리하기 힘든 얘기들이죠(웃음). 당신께서 갖고 계셨던 철학도 많이 말씀해주셨죠. 세상이 돌아가는 이치랄까요."

— 학창시절인데 그런 토론이 지겹지 않던가요?

"그러지 않았어요. 주말에는 아버지가 대개 가족들과 함께 지내려고 했기 때문에 회사에서도 아버지에게 전화하는 걸 최대한 줄였지요. 아주 급한 일이 아니면 주말에도 토론이 이어졌어요. 그게 1주일 동안 가장 기다려졌던 시간입니다."

— 아버지가 자식들의 학업에 대해서도 일찍 지침을 주셨나요?

"꼭 이런 학교를 가라고 말씀하지는 않으셨어요. 아버지와 형은 유학을 시키고 대학(모두 경제학 전공)에서 했는데, 나만 다른 학교(브라운 대학)로 갔죠.

다만 아버지는 공부를 하려면 먼저 과학을 배워야 한다는 말씀을 자주 하셨어요. 수학이나 과학은 나이 들면 배우지 못한다, 과학을 공부하다 보면 이치를 다 알게 된다, 그런 얘기를 해주셨죠. 나는 어릴 때부터 과학을 좋아했고, 그래서 물리학을 전공했고요(최태원 회장의 학부 전공도 물리학이다).

그리고 '어떤 직업을 갖게 되든지 간에 반드시 합리적인 논리를 펴나가고 객관적인 판단을 할 수 있는 힘이 바탕에 있어야 한다'고 강조하셨어요."

— 아버지는 생활습관, 태도에 관한 말씀을 많이 하셨을 것 같은데요.

"우리 형제들이 어떤 행동 때문에 아버지의 꾸중을 듣지는 않았어요. 아버지가 손찌검을 하신 적도 없고요. 아버지는 언제나 우리 형제들이 알아서 결정하라고 하는 경우가 많았어요. 이렇게 하라 저렇게 하라 답을 주거나 명령하지 않고 '네가 알아서 하라'는 식으로 맡겨주셨어요. 그게 우리 형제들에게 남아 있는 아버지의 가장 좋은 모습이 아닐까 합니다.

아버지들이 그렇게 할 때 자식들은 생각을 많이 하게 되는 것 같아요. 자기 주관이 생기게 되는 것이지요. 아버지는 '이렇게 하면 더 좋지 않겠느냐'는 정도의 얘기야 해주지만, '그러나 그것을 할지 말지도 네가 알아서 하라'고 하셨어요."

— 자식들에게 자율성과 독립성을 키우려고 부러 그랬던 거군요.

"아버지는 큰 틀만 정해주면서 가이드라인을 주기는 하는데, 그것을 지키지 못했다고 해서 꾸중을 하지는 않았어요. 다만 따질 게 있을 때는 무섭게 다그치셨어요."

— 학업에 정진하라는 주문도 없었나요?

"없었어요."

최 전 회장이 추구했던 지식은 철학적인 차원은 아니었다. 그는 실용적이지 못한 '사유의 유희'를 배격했다. 그는 "그릇

된 경험을 통해 쌓게 되는 철학은 편견, 선입견이기 쉽다. 기업가는 항상 신선한 사고력과 투시력을 가져야 한다"고 강조했다.

_사람이 힘이다

아버지가 자식들에게 강조한 자율성은 그의 기업경영 원칙에도 그대로 반영돼 있다. 삶을 살아가는 데 중요하다고 판단한 덕복이 기업의 경영이념으로 확장돼 있는 것이다. 이런 생각을 구체화한 SK의 경영관리 시스템은 그의 인간관, 사회관, 기업관을 집약하고 있다. 그것은 기업가로 입문한 자식들에게도 기업경영의 교범이 됐고, 실제 아버지가 물려준 물질적 자산 보다 더 중요한 정신적 유산이 됐다.

— 아버지의 경영원칙을 기업가가 아닌 자식으로서 어떻게 받아들였나요?

"물질적 유산보다 중요한 것은 정신적 유산이지요. 돈을 주는 것보다 돈 버는 방법을 가르치는 게 가장 현명한 유산이라고 봅니다. 재산을 지킬 능력이 없으면 돈을 아무리 많이 주어도 소용이 없는 것 아닙니까. 아버지는 '그런 사람에게는 차라리 돈을 안 주는 게 낫다' 는 말씀을 자주 하셨어요. 아버지가 우리에게 강조한 것은 돈을 이렇게 벌어라, 그런 얘기보다는 '너희가 하고 싶은 것을 하라'는 것이었어요. 우리에게는 그 말씀이 더 큰 영향을 미쳤어요."

— 아버지의 경영원칙 가운데 기업가로서 가장 많은 영향을 받은 것은 어떤 것인지요?

"목표를 높이 세우는 것입니다. 다른 사람들이 생각하지 못하는 정도의 목표를 세워놓고 그 다음에 어떻게 거기를 갈지를 고민하는 것입니다. 우리 회사에선 그걸 수펙스(SUPEX, 'superexcellent'의 줄임말로 최고의 수준을 말한다) 정신이라고 부릅니다. 그걸 추구하면 그러지 않았을 때와는 전혀 다른 접근방법이 나옵니다.

그리고 회사에 성실히 나와서 열심히 일하기만 하면 된다고 생각하기 쉬운데, 그것도 중요하지만 발전적으로 생각할 필요가 있어요. 아버지는 늘 '수평적 사고'(문제의 해답을 구하기 힘들 경우 문제 자체를 재구성하는 사고방식을 말한다. '콜럼버스의 달걀'이 그 예다)를 많이 해야 한다고 강조하셨어요."

— 실제로 그런 정신이 성과로 나타난 게 있습니까?

"그 덕을 가장 많이 본 것이 신세기통신을 인수한 것일 겁니다. 그 아이디어를 나 혼자 낸 것은 아니지만요. 누구도 감히 그런 어프로치를 하지 못했어요. 당시 우리(SK텔레콤)는 거의 가입자수를 유지할 수 있는 주파수가 모자랄 지경까지 갔었어요. 가입자를 더 받을 수 없는 상황이었는데, 신세기통신을 인수하면 주파수가 넘어오니까 무조건 인수해야 한다고 주장했지요. 그 기업을 인수할 경우 엄청난 잠재력이 있다는 것을 생각해낸 것은 거기서 배운 것입니다. 분명한 목표를 세우고, 남들이 절대 안 된다고 생각할 때 어떻게 할 수 있는지를 고민하는 것, 그걸 아버지가 가르쳐주신 겁니다."

'수펙스', '수평적 사고'는 최 전 회장이 선경을 키운 결정적인 키워드였다고 한다. 1966년 직물공장에 지나지 않았던 회사가 원자재를 생산하는 실〔原絲〕공장을 짓겠다고 한 파격적인 결정, 1978년 일본기술에 의존하던 폴리에스테르 필름 개발성공, 1980년 재계서열에서 한참 밀리던 선경이 연매출 1조 원의 대한석유공사를 인수한 것, 1992년 제2이동통신 사업자 선정에 이르기까지 SK그룹의 성장에 결정적인 계기는 그런 정신이 원동력이 됐다.

최 전 회장은 여기에 인간 위주의 경영을 기본으로 앞세웠다. 그가 남긴 말들은 지금 다시 읽어도 대기업 회장의 발언이라고는 생각하지 못할 만큼 진보적이다. SK가 한때 대학생들의 취업선호 기업 1위 자리를 도맡았던 것도 이런 기업문화가 큰 몫을 차지했다. 최 전 회장은 생전에 이렇게 얘기했다.

기업은 사람이다. 기업은 문자 그대로 사람이 업(業)을 기획하는 것이다. 그런데 세상의 많은 사람들은 사람이 기업을 경영한다는

아버지와 기업가 유전자

이 소박한 원리를 잊고 있는 것 같다. 세상에는 돈이 돈을 번다는 말이 유포되고 있지만, 돈을 버는 것은 돈이나 권력이 아니라 사람인 것이다. 나는 내 일생을 통해서 약 80%는 인재를 모으고 기르고 육성하는 데 시간을 보냈다. 삼성이 발전한 것도 유능한 인재를 많이 기용한 결과인 것이다. 기업경영에서는 사람이 가장 중요하다.

기업경영에서는 사람이 가장 중요하다. 첫째도 인간, 둘째도 인간, 셋째도 인간이다. 그러므로 기업경영에서 가장 역점을 두어야 하는 것은 인간 위주의 경영이며, 이를 위해 사람을 사람답게 다룬다는 기본원칙을 철저히 준수해야 한다.

— 아버지가 기업에서 사람을 강조한 맥락을 어떻게 받아들였는지요?

"그것은 기업이 어떤 사람을 뽑고, 어떤 경험을 쌓게 하고, 어떻게 발전시키고, 어떻게 적재적소에 배치하느냐의 문제이겠지요. 거기서 가장 중요한 것은 자발성이라고 봅니다. 아버지가 우리 형제에게 자율성을 심어주려 했던 것도 그 때문이었겠지요.

우리 회사에서 쓰는 말이 있는데, '벌룬터릴리(voluntarily) 윌링리(willingly)'입니다. 즉 사람은 자발적으로 일을 할 때가 가장 능률이 높다는 말이지요. 사원들이 자발적으로 일하게 하려면 회사는 의욕을 관리해줘야 하고, 그것을 가능하게 하기 위해 마련한 것이 바로 경영관리 시스템입니다. 그런데 열심히 일할 수 있는 환경을 만들어주려면 공(功)을 모두 돌려줘야 합니다."

― 공을 돌린다는 의미가 무엇입니까?

"어떤 일이 잘되면 아랫사람들의 공이고, 문제가 생기면 CEO의 책임이라는 뜻이죠. 그것은 리더로서 당연한 것입니다. 그래야 모두가 자발적으로 일하게 됩니다.

직접 그런 말씀을 하지는 않으셨지만, 아버지는 사람들을 내할 때 직원이든 자식이든 자신의 생각대로 바꾸려고 애쓰지 않고 상대가 어떤 사람인지를 먼저 파악하려고 하셨어요. 어떻게 상대를 이해하고, 그 사람이 자발적으로 일하게 할 수 있을지를 생각하셨던 겁니다. 그래야 그 사람이 가장 행복해지고, 그 사람을 고용한 회사도 좋아지겠지요."

― SK경영에 참여하면서 위기의 순간들이 있었는데요.

"가장 먼저 위기를 느꼈을 때는 타이거펀드가 들어왔을 때였어요. 공교롭게도 내가 위기 때마다 맨 앞에서 뛰어다녔어요. 그런 일들이 밑거름이 돼서 좋은 회사로 거듭난 것이겠죠."

― 최태원 회장과도 어느 때보다 긴밀하게 회사문제를 논의했겠군요.

"2003년 그룹이 큰 위기에 몰려 최 회장님이 직접 회사경영을 하지 못했을 당시에는 내가 1주일에 한두 번씩 진행상황을 보고했어요. 이런 게 희망이고, 이런 게 안되고 있다고 얘기했어요. 고맙게도 최 회장님은 내 얘기를 가장 많이 들어주셨어요. 그럴 때면 대개 서로 불신하기 쉽고 충성경쟁을 하는 분위기에 휩쓸리기 십상인데, 그런 난리를 겪으면서 오히려 옥석을 가리는 기회가 됐어요. 지나고 보니 좋은 경험이 된 것 같다고 생각을 합니다."

— 최태원 회장과 최재원 부회장의 파트너십을 보면서 선대의 '형제경영'을 떠올리는 사람들이 많은데요.

"글쎄요(웃음). 내가 해야 할 역할이 있고, 최 회장님이 해야 할 역할이 있는 거겠지요. 최 회장님이 못 하는 것을 내가 해야 하는 것들도 있을 것이고요. 그런 일은 둘째가 마치게 돼 있는 것 아닌가요.

어떤 일에 대해 선장이 '이렇게 하자'고 했는데, 그 밑에서 '저렇게 하자'거나 '안 됩니다'라고 할 수는 없는 것 아닙니까. 선장이 그런 얘기를 하기 전에 하면 되겠지만 말입니다. 아직까지 큰 문제는 없습니다."

— 어릴 때 형님과의 관계와 지금의 관계에서 크게 달라진 게 있는지요?

"별로 달라진 것은 없어요. 사석에선 늘 편한 형님이시죠."

위기에 처할수록 주변 탓이 많아지기 마련이다. 하지만 최태원-최재원 형제는 주변을 한데 모으는 데 힘을 썼다. 외국자

본에 대항한 경영권 방어가 공동의 현안이었던 까닭도 있었겠지만, 그 저변에 형성된 정서가 없었다면 쉽지 않은 싸움이었다. 바로 '형제경영'의 가풍이다. 그것도 인간 위주 경영의 확신에서 파생된 문화일 것이다.

_아버지의 시계

최종현 전 회장은 집에서는 허름한 트레이닝 차림이었고, 양치질을 할 때 3~4㎜ 정도의 치약만 묻힐 정도로 아껴썼다고 한다. 재벌가의 검소한 생활을 강조할 때마다 대표적으로 거론되는 사례다. 가난한 시절의 습관을 재벌이 된 뒤에도 버리지 않았던 것이다.

홍사중 씨는 저서에서 "최 회장은 자기가 납득할 수 없는 이유로 돈을 쓰는 것은 싫어했다"고 전한다.

최 전 회장은 '집 없는 대기업 총수'이기도 했다. 그는 1962년 미국유학에서 돌아와 서울 당주동에서 셋방살이로 시작했다. 그후 신촌으로 이사했지만 태원, 재원 두 아들과 막내딸 기원 등 세 자식이 성장하자 비좁아졌다. 다시 집을 얻으려다니다 마땅한 곳이 없자 최 전 회장은 "차라리 워커힐호텔(회사 소유) 안의 빌라 한 채를 빌려서 쓰자"고 했다.

호텔의 빌라에는 여러 층이 있었는데, 중간 크기인 50평짜리를 골랐다. "애들이 어릴 때부터 너무 호화롭게 살면 버릇이 되어 교육상 좋지 않다"는 게 이유였다. 한참 후에 풍수지리학자인 최창조 전 서울대 교수가 그 집을 보고 문제가 있다고 조언했지만, 최 전 회장은 "15년 이상 행복하게 잘 살아왔는데, 뭘 더 바라겠느냐"면서 계속 살았다.

1992년 신입사원 교육장에서 최종현 회장과의 대화시간에 한 신입사원이 "회장님은 한국을 대표하는 경영자이자 이른바 재벌이십니다. 현재 돈을 얼마나 갖고 있습니까?"라고 물었다. 배석한 임원진들이 긴장하고 좌중이 술렁거렸다. 최 전 회장은 잠시 생각하더니 지갑을 꺼내 보이며 이렇게 말했다.

"나는 돈 한푼 없어요. 집도 없이 전세 살고 있습니다. 개인적으로는 부자가 아닙니다. 다만 회사가 부자일 뿐입니다."

— 아버지의 검소한 생활에 대한 일화가 많이 전해지는데요.

"아버지, 어머니 모두 상당히 검소하셨어요. 사치품을 쓰는 경우가 없었어요. 아버지가 애용하신 손목시계는 회사의 기념일에 축하객들에게 나눠주었던 1~2만 원짜리였어요(웃음). 가죽줄이 다 해어질 때까지 차고 계셨던 기억이 납니다. 아버지가 들고 다녔던 골프가방도 족히 20~30년은 됐을 거예요. 좀처럼 골프채도 바꾸시지 않았고요. 겉치레를 하지 않았어요."

— 흔히 말하는 '재벌 2세'였는데, 일상생활에서 많이 불편하지 않았나요?

"워키힐호텔의 빌라로 이사하기 전까지 우리가 살던 집은 그 동네에서 좋은 집 축에 들지 못했어요. 굳이 따지면 중상 정도 되는 집이라고 봐야 하죠. 워커힐로 옮기면서 친구들과 만나기 힘들어 처음에는 싫어했어요. 신촌에 살 때는 친구들과 놀러다니고 했는데 말이죠.

내가 중학교 때 워커힐로 옮겼어요. 그 뒤편에 있는 아차산을 나만큼 아는 사람이 없을 겁니다. 그 시절 형님은 고등학생이라서 공부하느라 바빴고, 중학생이었던 나는 시간이 좀 돼서 온 산을 돌아다녔어요.

사실 그 시절까지도 대기업 회장의 아들에 대한 부담스런 시선들이 있었는데, 처음에는 좀 그랬지만 나중에는 크게 신경쓰지 않았던 것 같아요. 그런다고 바뀌는 것도 아니었으니까요."

— 아버지가 가족에 대한 애착도 강했던 것 같은데요.

"기본적으로 가족주의를 바탕에 두시고 항상 가족들의 문제를 챙겼어요. 가족들이 모두 모이게 되는 결혼식이나 명절 때는 얘기도 많이 해주시고, 문제가 있으면 따로 회사로 오라고 하실 정도로 신경을 많이 썼지요. 유학을 떠나는 조카들에게는 공부는 이렇게 해라, 생활은 저렇게 해라, 그런 말씀을 많이 하셨고요. 집안의 제사나 차례, 생일, 돌잔치에는 아무리 바쁘시더라도 어김없이 참석하셨어요."

— 그런 아버지가 68세인 1998년 폐암으로 타계했습니다.

"흔히 아버지가 돌아가시면 하늘이 무너지는 것 같다고들 하는데, 정말 그랬어요. 회사는 시스템으로 돌아가고 있었고 손길승 회장을 비롯해서 당시 경영진이 그대로 계셔서 큰 문제가 없었지만, 개인적으로는 가장이 돌아가셨고 이제 2세들로 넘어가는 것인데, 그런 게 잘 적응이 안됐어요."

어머니 박계희 여사는 아버지 최종현 전 회장보다 1년 앞서 세상을 떴다. 최 부회장은 "그때는 전혀 예상치 못한 죽음이어서 정말 충격이었다"고 했다. 최 전 회장이 폐암판정을 받아 미국 뉴욕의 한 병원에서 수술을 받는 동안 간병을 하던 박 여사가 과로로 먼저 세상과 등져버렸다.

박 여사는 당시 미술계 안팎에서 존경을 받던 워커힐미술관(현 아트센터 나비) 관장이었다. 그녀는 미국 미시간주 카라마주 대학에서 미술을 공부하다가 최 전 회장을 만나 결혼에 이르렀다. 미술에 대한 남다른 식견으로 젊은 작가들을 발굴하는 등 미술계에 대한 애정이 각별했던 것으로 알려져 있다. 앤디 워홀의 국내 최초 개인전, 피카소와 메레 오펜하임 등의 거장을 국내에 소개하기도 했다.

현재는 최태원 회장의 부인 노소영 씨가 시어머니의 뒤를 이어 1997년부터 미술관을 맡았고, 2000년부터 서울 종로 SK 본사 사옥 4층에 아트센터 '나비'를 개관해 운영하고 있다.

_아버지만한 아들

최재원 부회장은 여동생 기원 씨의 친구였던 채서영(현 서강대 영문학과 교수) 씨와 결혼해 3남매를 뒀다. 큰아들은 고1, 이어 초등학교 6학년인 딸, 3학년인 아들이 있다. 최 부회장은 "아이들이 어떤 아빠라고 생각할 것 같으냐"고 묻자 "같이 놀아주는 가장 만만한 아빠일 것 같다"며 웃었다. 그는 "아이들의 관심사를 아는 것이 중요하다. 인터넷 들어가 보고 저들과 같은 언어를 써주면 좋아한다"고 나름의 친근한 아빠가 되는 법도 귀띔해 주었다.

그는 막내아들 방의 컴퓨터를 치워버렸다고 했다. "컴퓨터하고 노는 데만 익숙해지다 보면 '자기 생각'이 자리잡을 틈이 없어진다. 기계하고만 대화하게 놓아두어서는 안 되겠다고 생각했기 때문"이란다.

"가족들이 좋아하는 것은 함께하는 게 가장 중요한 것 같아요. 겨울철에는 아이들과 스키를 꼭 같이합니다. 그때 대화를 많이 하는 편이에요. 주말에는 집에서 요리도 같이하고요. 그래야 가족의 유대감도 생기고, 서로 이해하게 되고, 소통이 원활해지겠지요. 그래서 아이들에게는 친구같이 편하게 얘기할 수 있는 아빠였으면 합니다. 기본적으로 사람과 사람이 만나면 재미가 있고 즐거워야 하는 것 아닙니까."

여기까지는 잘 나갔는데, "가정적인 아빠라고 생각하느냐" 는 물음에는 "집사람은 절대 그렇게 생각하지 않을 것"이라며 웃음보를 터뜨렸다. 회사에 묶여 있는 'CEO 아빠'의 어쩔 수 없는 한계다.

— 평소 아이들에게 강조하는 게 어떤 것들인지요?

"아이들이 스스로 판단할 때는 아직 되지 않아서 좀더 봐줘 야 하겠지만, 자꾸 아이들의 생각을 끄집어내려고 합니다. 네 생각은 무엇이냐, 너는 왜 그렇게 생각하느냐, '왜'라는 것을 자꾸 던집니다. 평소 아이들과 함께할 시간은 많지 않아요. 하 지만 주말에는 꼭 아이들과 함께 있으려고 하지요. 골프를 자 주 안 치니까요."

— 골프를 자주 하지 않는 특별한 이유라도…….

"시간이 너무 많이 들어요. 좋은 운동인 것에 비해서 시간이 많이 들어가요. 굳이 지금 골프를 치지 않고 나중에 쳐도 좋다 고 생각합니다."

— 아버지의 영향을 받아 자식들의 교육에도 이어가는 게 있다면…….

"아이들에게 어떻게 하라고 가르치려 들지 않고 자꾸 생각 하게 만드는 것, 재미를 찾게 하는 것이 중요하다는 겁니다. 공부 역시 그렇지요. 하기 싫은 것을 억지로 하면 아이들이 반 발도 하고 도망을 칩니다.

아이들을 키우는 것도 우리의 인간 경영원칙과 같습니다.

자발적으로 하게 하는 것이 가장 훌륭한 방법이라는 것이죠. 공부를 못한다고 그 사람의 인생이 망가지진 않잖아요. 어릴 때 두각을 나타내며 발전하는 사람이 있는가 하면, 나중에 더 발전하는 사람도 있어요. 중요한 것은 자기가 하고 싶은 일을 할 때 가장 높은 실적이 난다는 것이지요."

최 부회장은 인터뷰를 마무리하며 "아버지가 기대했던 아들로 성장한 것 같으냐"고 묻자, "어느 정도 했겠지만, '아들이 나보다 낫다'고 생각하는 아버지는 많지 않을 것"이라며 웃었다. 그는 "기업인으로서 아버지에 대한 부담감이 없느냐"는 질문에 대해서도 "그런 점은 덜 느꼈다"고 즉답했다.

"시대가 바뀌었잖아요. 아버지가 활동하던 시절의 방법이 당시 환경에는 맞았겠지만 지금은 기업환경이 달라졌잖습니까. 물론 아버지가 세운 원칙은 지금도 변함없이 맞겠지만 말입니다.

그래서 기업경영에도 차이가 많이 날 것이고, 그것을 놓고 아버지 때와 비교한다든가 그런 생각은 없었어요. 사실 기업성과를 그때와 어떻게 비교하겠어요. 초창기에 기업을 키울때와, 그 기업을 더 발전시키고 더 건전하게 만들고 더 세계적으로 나아가게 만드는 시기를 비교한다는 건 가능하지도 않을 겁니다. 우리 시대에는 우리가 할 일이 따로 있는 것 같습니다."

그의 말처럼 아버지가 인정하는 '아버지만한 아들'은 찾기 힘들 것이다. 그러나 그 말은 그가 '아버지 그늘'을 벗어나고 있다는 의미도 된다. 그가 "우리 시대에는 우리가 할 일이 따로 있다"고 말한 것도 같은 맥락일 것이다.

그의 이야기에서 유력 기업가로서 성장하는 데 선천적인 유전자가 먼저인지, 후천적인 능력이 중요한지를 판별할 확실한 근거는 찾아내지 못했다. 오히려 두 요소를 견주어보려 했던 것 자체가 모순이었다는 생각이 커져버렸다. 가업을 잇는 자식에게 기업가 최종현의 삶과, 아버지 최종현의 삶은 큰 구분 없이 통째로 받아들여졌던 것이다.

아버지의 인간관이 가정과 회사에서 크게 다르지 않았고, 가풍(家風)을 보면 사풍(社風)을 짐작할 수 있는 수준이었다. 그래서 최 부회장은 '경영수업'이라는 말에 고개를 가로저었지만, 이미 아버지는 그 강의를 집에서 마쳤을지 모른다는 생각이 들었다. 기업의 도(道)보다 인간의 도를 터득하는 게 먼저라는 신념이 아버지 최종현이 자식들에게 남긴 가장 중요한 유산이라면 말이다.

아버지와
역사의 무게

- 김근태 의원

······"아버지는 영문도 모른 채 동란의 와중에 아들 셋을 잃고

그 아픔을 혼자 삭이고 사신 거지요.

오해를 받을까 봐 어디 가서 알아보지도 못하고.

그러다 자신까지 박정희 시대의 희생자가 돼서 자식들을 힘들게 만들어놓았으니······

아버지는 그런 역사의 무게에 짓눌려 살다 돌아가신 겁니다.

그 무게에 작아지신 것이고요." ··············

김근태

1947년 경기도 부천 출생. 서울대 경제학과 재학중 민주화
운동에 참여해 1990년대 초반까지 수차례 수배와 옥고를 치르며 재야의 상징적 인
물이 됐다. 1995년 민주당에 입당한 뒤 15, 16, 17대 국회의원, 보건복지부 장관, 열
린우리당 의장 등을 지냈다.

역사란 무엇인가. 어려운 질문이다. 수만 가지 대답이 가능할 것이다. 하지만 내가 생각하는 역사는 그리 거창하지 않다. 죽음을 목전에 둔 아버지(혹은 어머니)가 자식을 앞에 앉혀놓고 주절주절 늘어놓은 회상 같은 거라고 생각한다. '이 아버지는 이렇게 저렇게 살아왔단다. 하여 이것 저것 해보려 했는데, 이건 해놓았지만 저건 다하지 못했단다. 그래서 자식아! 너는 저것을 해줬으면 좋겠구나' 라는 식으로 말이다.

앞선 세대가 제 할일을 다하고, 못다한 일을 뒷세대에 '강요' 하는 것이 역사다. 그래야만 앞세대의 모자람과 뒷세대의 짐이, 더불어 모두가 역사의 이름으로 존재하는 대의명분이 분명해진다.

가끔씩 역사가 뒷걸음질치고 반복되고 공공선을 배반하는 일이 생기는 것은 그것들이 불분명한 데서 비롯된 경우가 많다. '그럼에도 불구하고 역사는 발전한다'는 생각을 가진 사람들에게는 아버지와 자식의 관계가 개인사는 물론 세상사에도 중요한 매듭이 된다.

1990년대 중반 정치부 기자 초년시절에 만난 김근태 의원을 나는 지금도 남다르게 바라본다. '정치인 김근태'를 주시하는 것은 직업상 당연한 일이지만, 사실은 앞선 세대인 '선배 김근태'에 대한 관심이 더 크기 때문이다.

그의 이야기를 듣다 보면 아버지의 후일담(後日譚) 같을 때가 많다. 시대가 강요한 일을 자임했고, 그래서 뒷세대에게 할 말도 많은 삶을 지켜보는 것이다. 살아 있는 개인과 역사의 '임상실험' 같기도 하다.

그런 단상을 갖게 된 계기가 있었다. 지난 2000년 여름 중국 칭다오에 출장을 갔을 때였다. 한국교민들을 격려하러 나선 국악공연단에 묻어 취재차 갔다가 그곳에서 한국어학교를 운영하는 조모 교장을 만났다. 그가 그 학교를 운영하는 데는 긴 사연이 있었다.

1970년대말 육군장교였던 그는 군내에서 발생한 사소한 문제에 얽혀 모진 고문을 당한 뒤 불명에 제대를 당했다. 조직의 비합리에 이의를 제기한 것뿐인데 '빨갱이'라는 딱지가 붙고, 천직으로 생각해온 곳에서 내침까지 당하고 나니 참담했다고 한다. 그는 인생을 헛되이 살아선 안 되겠다 싶어 1980년 '서울의 봄'이 오자 재야진영에 몸담았고, 나중에는 민주화운동

추진협의회에도 참여해 새로운 날을 도모했다.

그러나 점점 그에게 배신감을 느끼게 하는 사람들이 늘어만 갔다. 김영삼·김대중 씨의 야당 패권다툼, 자신의 정치적 성공을 위해 벌이는 그 측근들의 권모술수를 보면서 그들도 집권 세력과 같은 정치 모리배에 지나지 않는다는 생각이 깊어졌다.

그는 급기야 1987년 6월항쟁의 도도한 물줄기가 대한민국의 흐름을 바꿔놓을 즈음 홀연히 중국 칭다오로 떠난다. 자신이 태어난 땅에선 무력감이 컸고, 새로운 땅을 찾아 숨이라도 제대로 쉬고 싶었단다. 스스로 단행한 '정치망명'이었다.

그는 칭다오에서 OEM방식으로 수출히는 속옷 공장을 운영했다. 어느 정도 자리가 잡히자 한국교민들이 눈에 들어왔다. 그때 후배들이라도 망명객을 만들어선 안 된다는 생각에 재정적인 어려움을 무릅쓰고 한국어학교를 세운 것이다.

조 교장의 관심은 자연스럽게 한국정치로 옮아갔다. 그는 대뜸 "다음 대권주자로 누가 유망합니까?"라고 물어왔다. 도무지 그의 속내를 알 수 없어 신문지상에 떠도는 몇몇 이름을 얘기해주자, 그는 실망스런 표정으로 "김근태 의원은 어떻습니까?"라고 재차 물었다. '아니, 이 양반은 내가 김 의원과 그럭저럭 안면이 있다는 것을 알고 있기라도 한 걸까.' 조 교장은 의뭉스러워하는 내 표정에는 아랑곳하지 않고 말을 이었다.

"그분은 나를 몰라도 나는 잘 알지요. 가끔 먼발치에서 보기도 했고 듣기도 했어요. 그분이 뭔가를 해야 하는데……. 다른 사람들은 죄다 변절해도 그런 분만은 이제 상처받은 사람들을 위해 뭔가를 할 수 있는 시대가 돼야 하는데……. 내가 직접 만나려면 번거로울 것 같고, 사신(私信)을 한 통 전할까 합니다. 전해주시겠습니까?"

여러가지 생각이 오갔지만, 편지를 전하는 일이야 어려운 것도 아니어서 그러자고 하곤 이야기를 맺었다.

칭다오를 떠나던 날 조 교장이 공항으로 배웅을 나왔다. 물론 하얀 편지봉투를 손에 들고 있었다. 나는 서울로 돌아오자마자 김 의원 사무실로 그 편지를 전달하고 소임을 마쳤다.

그런데 얼마 뒤 무심코 회사에서 전화를 받았다가 "저, 조 교장입니다"라는 소리에 깜짝 놀랐다.

"어쩐 일이십니까? 칭다오에서 전화를 다 주시고."

"아닙니다. 지금 서울에 와 있어요. 급한 일이 생겨서 잠시 왔는데, 혹시 사정이 된다면 김근태 의원을 만나뵙고 돌아가고 싶은데……."

"아-예, 그러시는 게 좋겠군요. 제가 전화번호를 알려드리죠. 사정을 얘기하면 비서들이 최대한 빨리 약속을 잡아드릴 겁니다."

"미안하지만, 오 기자가 같이 가주면 안 되겠는지요. 워낙……."

조 교장은 오랜 세월의 간격을 사이에 둔 만남이 설레면서도 부담스러운 것 같았다. 어쩔 수 없이 다음날 국회 의원회관

사무실에 그와 함께 들어섰다. 김 의원은 아직 외부에서 도착하지 않았는지 보좌진들만이 반갑게 맞아주었다.

"의원님은 외부일정이 덜 끝났나 보죠?"

"예, 병원에 들렀다가 오시느라 조금 늦을 것 같은데요."

"어디가 아프신데요?"

"또 거기가 좀 그러신 모양이에요."

비염증세였다. 오래된 고문 후유증인데, 그 아침에 또 그런 모양이었다. 그 얘기를 듣고 있던 조 교장의 낯빛이 어두워졌다. "선생님도 어디 편찮으세요?"라고 물으니 "아닙니다. 약산 엽군요"라며 물 한잔을 청해 마셨다.

이윽고 김 의원이 도착했다. 그는 미리 전해들었는지 사무실로 들어서자마자 교장선생의 손을 잡고선 "찾아주셔서 고맙습니다"라며 흐뭇한 표정으로 연방 웃었다. 조 교장도 한결 마음이 풀린 것 같았다. "김 의원도 이제는 나이를 못 속일 때가 됐군요. 하하"라며 소파에 마주앉았다.

아버지와 역사의 무게

두 사람은 중국경제의 성장세며 한국동포들의 삶이며, 흔히 오갈 수 있는 주제를 놓고 밋밋한 대화를 주고받았다. '이럴 거면 괜히 따라왔다' 싶기도 했다. 30분쯤 지났을까? 조 교장의 음성이 달라졌다.

"제발 김 의원은 아프지 마세요. 저도 20년 넘게 지난 일이지만 지금껏 고생합니다. 나~쁜 놈들이죠. 후~. 하지만 이거 아십니까? 김 의원은 아프지 말아야 합니다. 그래야 그토록 우리가 소망했던 것들을 이루고 갈 수 있습니다. 모두가 아파도 김 의원은 아프면 안 됩니다. 절대! 아시죠?"

그 50대 중반의 남자는 가늘게 떨고 있었다. 주먹까지 쥐었다. 누군가를 향한 분노였다. 그 말을 전하려고 얼마나 오랫동안 혼자 되뇌었을까.

가만히 듣고 있던 김 의원이 고개를 끄덕이며 조 교장의 주먹을 두 손으로 감쌌다. 눈시울이 이미 붉어져 있었다. 조 교장도 그랬다. 두 사람 사이에 짧은 침묵이 흘렀다. 하지만 그 속에 오랜 세월 참아온 대화들이 수없이 오가는 것을 나는 분명히 알 수 있었다. 그건 역사의 수레바퀴에 치여본 사람들만이 알 수 있는 비밀스런 언어였다.

그 만남은 내 짧은 역사관에 한 가지 논증된 사실을 더 보태게 만들었다. 세상사의 진실은 기록된 역사가 아니라, 역사의 아이러니에 휘둘린 무명씨들의 삶에 있을 때가 많다는 것이다.

그로부터 2년 뒤 김 의원은 민주당 대통령후보 경선에 나섰다가 정치자금을 고백하며 중도에 하차했다. 그리고 다시 5년이 지난 2007년 6월 그는 또다시 대선 불출마를 선언했다. 수많은 '조 교장들'의 기대를 그는 두 번이나 저버렸다. 왜 그랬을까? 정치부 기자와 평론가들은 이런저런 분석을 내놓는다. 당선 가능성이 없어서, 대중 정치인으로 변신하지 못해서, 차별화한 이미지를 만들어내지 못해서…….

정치인 김근태만 보면 수긍할 수 있는 대답들이다. 하지만

서울대 경제학과 재학시절의 김근태 (왼쪽서 두 번째)

결혼한 지 2년 만인 1980년에야 정식으로
올린 결혼식 모습

1992년 홍성교도소에서 출옥할 때 김근태와 인재근

선배 김근태를 바라보는 내게는 모자랐다. 선뜻 풀리지 않는 의문들이 머리를 맴돌고, '또 그의 가슴이 베였겠구나' 싶은 먹먹한 마음들이 뭉쳐져 한동안 그를 찾아보지 못했다. 세상사의 중심에 서겠다고 작정한 그 선배가 왜 그랬을까?

그 해답을 나는 그 대선이 끝나고 나서야, 조 교장으로 말미암아 역사의 역설(逆說)을 느낀 지 8년이 지나서야 어렴풋하게나마 짐작할 수 있었다. 바로 아버지였다. 그 사이 벌어진 김근태 선배의 좌절과 희망은 그 아버지의 굴레에서 연유됐을지 모른다는 것이다.

_작았던 아버지

정치인의 이미지는 순식간에 얼굴가면이 바뀌는 중국 변검술을 보는 것 같을 때가 많다. 정치인이 대중과 소통하는 방식이 메시지보다 이미지가 더 중요한 시대인 까닭이다.

김근태 의원은 오랜 수배와 투옥생활, 고문사건으로 대중들에게 이름이 알려진 터라 '진지모드'가 트레이드마크처럼 굳어져버렸다. 그 역시 대중 정치인으로 변신하겠다면서 '투사 이미지'를 바꾸려 무진 애를 썼다.

그런데도 천성적으로 꾸미는 일에는 젬병인지 세련된 말솜씨와 능수능란한 표정을 연출하는 데는 영 서투르다. 국회의

원을 세 번 지냈고, 보건복지부 장관자리까지 앉았던 경력이
라면 노련한 정치인 티를 낼 만도 한데, 그 불편한 심사를 감
추지 못해 지켜보는 사람을 더 조마조마하게 만들 때가 많다.

하지만 실제 사석에서 보는 그는 웃음이 많은 편이다. 크지
않은 몸집에 그가 웃고 있으면 '참, 저 나이에 귀여운 선배도
다 있네' 하는 생각이 절로 든다.

다만 내 불만이라면 웃는 타이밍이다. 잔뜩 분위기 띄우려
농담을 해주어도 웃기는커녕 진지하게 다음 말을 기다리는 듯
한 표정을 짓는 때가 많다. 머쓱한 나머지 "재미없으세요" 하
고 물으면 그제야 "미안해, 내가 좀 늦잖아" 하면서 혼자 웃
고, 그 쑥스러운 듯한 웃음에 좌중이 또 한번 웃고 만다.

그의 웃음은 굴곡 많은 삶을 가리려는 변검술의 가면이 아
니다. 타고났을 때나 가능한 웃음이다. 그 웃음이 누구의 것이
었을까?

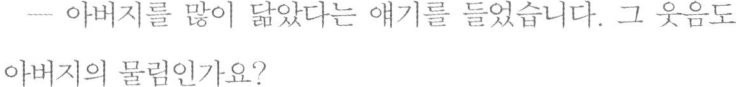

── 아버지를 많이 닮았다는 얘기를 들었습니다. 그 웃음도
아버지의 물림인가요?

"하하, 맞아요. 고등학교 시절 가끔 아버지와 내가 함께 걸
어가면 동네 어르신들이 나더러 고무도장이라고 했어요. 아버
지를 빼다 박았다고 말입니다."

── 아버지에 대한 이미지가 상당히 긍정적으로 남아 있는
편이네요.

"꼭 그런 것도 아니에요. 아버지는 참 따스한 분이셨는데, 좀 작은 분이셨던 것 같아요. 따뜻하기로는 어머니 품보다 더 따뜻했어요. 추운 겨울에 어머니 품을 파고들기보다는 아버지 품에 안기곤 했으니까."

아버지(1901~1966년)는 초등학교 교장선생이었다. 그 아버지가 46세, 어머니는 45세 때 어린 김근태가 태어났다. 3남매 중 막내여서 집안의 귀여움을 독차지하기는 했지만 가난한 시절인데다 워낙 노산이었으니 다른 한편으론 애물단지이기도 했다. 그의 형 김국태(소설가, 2007년 작고)는 "내가 끝인 줄 알았는데, 6년 후에 누이동생이 생기더니, 또 3년 후에 남동생까지 나오더라"고 농담했다고 한다.

— 그러면 아버지가 '작았다'는 느낌은 왜 그런지요?

"아버지가 '작았다'는 게 키는 나만하셨으니 그렇고, 굴곡이 심한 세상을 사셔서 가족들을 지키는 게 벅차셨던 것 같아요. 그래서 그런 생각을 갖게 된 겁니다. 아버지의 품이 어머니보다 더 따뜻하면서도, 시대의 무게에 짓눌려 사신 거지요. 그걸 뒤늦게 깨달았어요."

— 언제쯤인데요? 계기가 있었나요?

"나의 70년대는 수배의 시대였어요(그는 1971년 서울대 내란음모 사건, 1974년 긴급조치 9호 위반으로 두 차례 지명수배를 받아

도피생활을 했다). 그러다 10·26 박정희 시해사건이 일어나고 1980년 설날에 집에 돌아와 차례를 지내는데, 상 위에 올려진 아버지 사진을 보고 내가 통곡을 했어요. 내가 70년대를 서럽게 살아온 것도 있었지만, 또 한편에는 아버지에 대한 참회의 눈물이었어요.

내가 사실은 어렸을 때 아버지를 심정적으로 얕봤었거든요. 그것에 대한 사과이면서 죄스러움을 느낀 회한의 눈물이었죠. '아, 내가 철없는 아들이었구나' 하고 말입니다. 아버지에게 화해를 청한 거지요."

— 아버지와 무슨 사연이 있었길래 그러셨는지요?

"아버지가 초등학교 교장선생님이시다 보니 나는 경기도 평택과 양평에서 네 군데 초등학교를 전학 다니며 졸업했어요. 마지막은 양수초등학교를 졸업했는데, 나는 줄곧 아버지에게 중학교를 서울로 보내달라고 졸랐죠.

서울로 전학시켜주면 가장 잘나간다는 경기중학교에 들어갈 수 있을 것 같았거든요. 아버지가 서울로 전근을 가면 좋겠지만 그럴 가망은 별로 없어 보였고, 그러니 차라리 나를 서울로 보내주면 좋겠는데 아버지가 안 해주시더라고요. 아니 못해주신 거지요.

나는 할 수 없이 전학을 하지 못한 채 경복중학교에 입학시험을 쳤다가 떨어졌어요. 별 도리 없이 서울 청량리에 있는 광신중학교로 갔는데, 그만 1등을 하는 바람에 장학금까지 받게 됐어요. 나는 재수를 하겠다고 했지만 아버지는 1년만 다녀보라고 하면서 설득했어요.

그런 과정을 겪으면서 어린 나이에 '아버지가 참 무능하구나'라고 생각했어요. '당신이 서울 초등학교로 옮겨가지도, 그렇다고 자식을 전학시키지도 못하고, 그래서 나를 중학교 시험에 떨어지게 만들었구나' 하고 말이죠."

— 아버지를 많이 원망했군요.

"내가 운이 좋았던지 중학교를 졸업한 1962년에는 경기고등학교에 들어갔어요. 그런데 그 사이 아버지에게 변고가 생겼어요. 5·16쿠데타가 일어나고 사회 전반적으로 세대교체 바람이 불었지요. 당시 아버지는 61세였는데 강제로 4년이나 일찍 정년퇴직을 당했어요.

갑자기 집안형편이 힘들어진 거지요. 그때까지도 아버지가 교장선생님이어서 지역유지로 대접받았고, 넉넉하지는 않았지만 끼니를 굶지는 않았는데 말입니다. 대학교에 다니는 형과 고등학교에 다니는 누나는 물론 중학생이었던 나까지 모두 스스로 제 앞가림을 해야 했어요."

— 아버지를 얕봤다는 건 그 시절이 결정적이었겠군요.

"동네 어르신들이 나더러 '고무도장'이라고 할 때면 거기에 대놓고 반박은 하지 않았어요. 대개 그렇듯이 아버지는 자식이 당신을 닮았다고 하니까 무척 흐뭇해하셨어요. 그러나 나는 속으로 '난 아버지와 다르다. 이 다음에 나는 초등학교 교장 수준에 머물지는 않겠다'고 생각했어요. '무능한 아버지'라는 마음이 가슴에 있었어요."

— 아버지도 나름의 고통이 상당했을 텐데요.

"아버지는 강제퇴직을 당한 지 5년 만에 돌아가셨어요. 내가 서울대 경제학과 2학년 때였죠. 병명은 심장판막증이었는데, 아무런 대책 없이 정년퇴직을 당하면서 자식들에 대한 걱정으로 엄청난 스트레스를 받았던 것 같아요.

우리 3남매는 모두 가정교사를 하면서 공부했어요. 아버지도 참담한 심경이었겠죠. 한동안 행상 같은 걸 했어요. 스타킹, 양말, 그런 것을 비닐가방에 넣어 학교들을 돌아다니면서 교사들에게 팔았던 것 같아요. 체면을 다 버리신 거지요.

하지만 나는 심장판막증을 앓으면서도 담배를 끊지 못하는 아버지를 원망하기만 했어요. 그 담배값도 수월찮았지만 건강에도 안 좋다는데 왜 결단하지 못하시냐고 대들었어요. 지나놓고 보니 그 시절 아버지가 얼마나 비참했을까 하는 생각이 드는 거예요."

— 아버지가 시대에 눌려 사셨다는 건 그런 의미인가요?

"강제퇴직보다 더한 게 있어요. 사실 나는 꽤 클 때까지도 우리 자식들이 3남매뿐인 줄로 알았어요. 그런데 원래는 6남매였어요. 3남매 위로 3형제가 더 있었다는 사실을 나중에야 안 겁니다.

그 형들은 6·25 전후로 모두 실종되거나 행방불명이 됐다고 해요(그는 국회의원 선거 때 색깔시비와 더불어 '형들이 월북했다'는 공세에 시달렸지만, 누구도 정확한 자료를 제시하지는 못했다). 물론 내가 서너살 때 벌어진 일이니 그 형들에 대한 기억도 없었고요. 아버지와 어머니도 내게는 전혀 그 형들에 대해선 말하지 않았어요. 나중에 보니까 그분들도 형들이 실제로 어떻게 연락이 끊겼는지 자세히 모르고 계셨어요. 납북됐는지, 월북했는지, 살해됐는지를 말이죠.

큰형님은 경기고등학교에 수석으로 입학했다고 합니다. 진보적인 분이셨고, 서울대 공대생으로 전국학생위원장까지 지냈다고 해요. 그나마 그것도 내가 민주화운동을 할 때 은퇴하신 분들에게서 들은 얘기입니다.

아버지는 영문도 모른 채 동란의 와중에 아들 셋을 잃고, 그 아픔을 혼자 삭이고 사신 거지요. 오해를 받을까 봐 어디 가서 알아보지도 못하고. 그러다 자신까지 박정희 시대의 희생자가 돼서 자식들을 힘들게 만들어놓았으니……. 아버지는 그런 역사의 무게에 짓눌려 살다 돌아가신 겁니다. 그 무게에 작아지신 것이고요. 그때는 그런 아버지를 잘 이해하지 못했던 거지요."

— 아버지에게는 그런 시대에 맞설 힘이 없었던 건가요?

"아버지는 가족의 안전을 지켜야 한다는 생각이 가장 크셨던 것 같아요. 가족들을 보호하려면 위험을 가져올 수 있는 생각과는 아예 멀어져야 한다고 생각하셨던 거죠.

그분이 살았던 1901년부터 1966년까지의 시대사를 생각해 보면 아버지는 하루도 발을 뻗고 편히 잘 수 없었던 시기를 산 셈이 됩니다. 시대의 무게를 짊어지고, 그 와중에 자식들의 절반은 잃고, 나머지 절반은 너무 어리고, 당신은 정년을 남겨두고 해직당하고, 그러니 당신을 유지하기도 버거웠겠죠.

내가 서른이 넘고, 결혼해 아이를 낳고, 오랜 도피생활을 되돌아보다 문득 아버지를 사진으로 뵈니 그런 생각이 일시에 몰려들었어요. 대성통곡을 했죠."

_죽음을 이기는 유전자

김근태는 흔히 '외유내강(外柔內剛)' 형의 인물이라는 평을 듣는다. 겉으론 유약해 보이지만 그 안에 품고 있는 의지는 누구보다 강하다는 것이다. 그 역시도 '부드러움이 강함을 이긴다'는 말을 자주 한다.

그의 민주화운동 경력을 사법기록으로만 보면 '체포 26회, 구류 7회, 투옥 5년 6개월'이다. 여기에 가택연금과 수배, 살인적인 고문의 기록까지 보태면 '강함'만으로는 도저히 불감당인 여정이다. 그 고난을 이겨낸 힘은 강함을 넘어선 부드러움이다. 그것도 아버지의 물림이었다.

— 아버지가 교육자였으니 나름의 원칙이 있었을 텐데요.

"아버지는 뭐든지 내가 알아서 할 것으로 믿었어요. 대체로 내가 원하는 대로 해주셨거든요. 다만 전학 다니는 것과 서울로 보내달라는 것을 못해주신 것만 빼고는요(웃음). 그런데 아버지는 그런 신뢰가 깨진 것에 대해선 아주 단호하셨어요.

초등학교 2학년쯤이었는데, 누나의 꼬임에 말려서 집에서 키우던 닭이 알을 낳으면 학교 앞 구멍가게에서 박하사탕과 바꿔먹곤 했어요. 그러다 누나는 그만뒀는데, 나는 몇 번 더 하다가 들켜서 어머니에게 아주 혼쭐이 났어요.

아버지는 별 말씀은 없으셨는데, 그때 아들에 대한 신뢰가 깨진 데 대한 상처가 컸었던 것 같아요. 그걸 확인시켜준 게 그 다음에 일어났어요."

— 또 사고를 치셨나요?

"아니오(웃음). 이번에는 아버지가 내 신뢰를 깨버렸어요. '면도칼 사건'이라고 우리 집안에선 아주 유명한 일입니다. 어느 날 아버지가 구해놓았던 면도칼이 없어졌다는 거예요. 사방을 찾아봐도 없으니까 달걀을 훔친 전과가 있는 내가 범인으로 몰렸어요.

나는 정말 그런 일이 없다고 했죠. 하지만 아버지는 다짜고짜 나를 추궁하시다가 갑자기 화롯불에 달궈진 인두로 입을 지지겠다고 하시더군요. 한번도 그런 분이 아니셨는데. 나는 너무 놀랐어요. 달걀사건 때는 그냥 넘어갔지만 이번에는 버릇을 가르쳐야겠다고 단단히 벼르신 것 같아요.

내가 아무리 결백하다고 해도 아버지, 어머니가 그렇게 나오시니 어쩔 수 없이 굴복했어요. 박하사탕과 바꿔먹었다고 했죠. 그렇게 풀려나기는 했는데 억울하고, 서럽고, 특히 그러지 않을 줄 알았던 아버지가 폭력을 행사한 데 대한 배반감이 아주 컸어요.”

— 그 오해가 나중에 풀렸나요?

“그 일이 있고 난 며칠 뒤에 잠을 자다가 우연히 안방에서 아버지가 하시는 얘기를 들었어요. 그 면도칼이 아버지 양복 윗도리 안주머니에 구멍이 나는 바람에 옷 안쪽에 떨어져 있었다고 하시는 거예요.

처음에는 못 들은 척했는데, 며칠이 지나도 아버지가 얘기를 해주지 않으니까 내가 따졌어요. 내가 이렇게 저렇게 들었는데 사실이냐, 난 훔치지 않았는데 왜 아버지는 사과하지 않느냐, 왜 잘못을 빌지 않느냐. 그때는 아버지가 무안하신지 아무 말씀이 없었고, 내가 큰 뒤에야 사과 비슷한 말씀을 하셨어요.

아무튼 그 일은 내게 오랫동안 상처로 남았고, 아버지를 탓할 일만 있으면 그때 일을 꺼내곤 했어요. 그 상처도 아버지 사진을 보고 통곡하면서 함께 보따리에 싸서 떠나보냈어요.”

김근태는 1965년 서울대 경제학과에 입학했다. 아버지는 아들이 의대나 법대에 가기를 바랐다. 그러나 아들은 적록색약

이어서 의대를 포기했고, 법대는 일거에 출세하기를 바라는 사람이나 가는 곳이라는 생각이 들어 포기했다고 한다. 그의 경기고 1년 후배인 정운찬 전 서울대 총장은 언젠가 이렇게 회고한 적이 있다.

김근태 선배는 상위 10등에 들 정도로 공부를 잘했고, 경제성장 과정의 불평등이나 사회부조리 문제에 대한 고민이 많았다. 내가 법대가 아닌 경제학과를 선택한 것도 사실은 김 선배의 영향 때문이다.

그러나 김 선배가 고등학교 때까지는 학생운동과 정치활동과는 다소 거리가 멀었다. 고교 동기생인 고(故) 조영래 변호사나 손학규 전 경기지사가 고3시절에 한일협정 반대시위를 주도했는데, 그때까지만 해도 김근태는 모범적인 학생이었다.

김근태 스스로도 "묘하게 나는 5·16쿠데타로 인해 아버지가 별안간 강제퇴직을 당하시고, 그로 인해 가정형편이 어려워졌지만 박정희 권력을 지지하는 쪽이었다"고 말한다. 그는 고2 때 치러진 1963년 대통령선거에서 미국에서 구걸을 해서라도 국민을 먹여살리겠다고 했던 윤보선 후보보다는 자립경제를 외치는 박정희의 경제개발 계획을 지지했다. 그는 이 시절의 자신을 "경제학 교수가 되어 국민을 계몽하고 싶다는 순진한 생각을 가졌던 풋내기 자유인"으로 표현했다.

그 '순진한 생각'은 그리 오래 가지 않았다. 그는 진보적인 동아리인 '경우회'를 통해 사회에 대한 생각을 정리하면서 시위에도 적극 참여하기 시작했고, 이윽고 서울대 상대 대의원회 의장으로 선출된다. 부정선거를 규탄하는 시위를 주도했다가 경찰에 연행돼 흠씬 두들겨맞은 뒤 군대에 강제징집을 당했다.

만기 제대했을 때는 "솔직히 조용히 공부해 교수가 되고 싶은 생각도 없지 않았다"고 한다. 그러나 그 즈음 시대가 급변하고 있었다. 1970년 전태일 분신자살 사건이 일어났고, 그 다음해엔 박정희-김대중 간에 치열한 대통령 선거가 있었고, 1972년에 유신헌법이 공표됐다. 그는 "현장을 떠날 수 없었다"고 했다.

— 아버지가 학생운동에 참여하는 것을 말리셨을 텐데요.

"아버지는 내게 이래라저래라 하지는 않았어요. 그러나 한 가지가 딱 예외였는데, 그게 학생운동 하지 말라는 거였어요. 무조건 하지 말라고 했어요. 당신의 가슴에 절절히 맺힌 사연이 있으니까 그랬다는 걸 차츰 알게 됐지요."

— 어머니도 한 걱정이셨을 텐데.

"어머니는 열정적이셨고 추진력이 강한 분이었어요. 내가 중학교 2학년 때까지 회초리를 들었어요. 어머니가 아버지 역할을 한 셈입니다. 그 대신 아버지는 따스한 편이셨는데, 아마

두 분이 서로 역할을 바꿨던 것 같아요. 어머니가 매를 들면 나는 바로 일어나서 도망가면서 말대꾸를 하곤 했어요. '왜 때리냐, 진짜 엄마가 맞냐, 자식에게 이럴 수가 있느냐' 하고 말예요(웃음).

어머니는 강한 분이셨지만, 아들 셋을 역사에 잃어버린 상처를 스스로 치유하진 못하셨나 봐요. 그래서 안에서 북받치는 감정을 참지 못해 자주 폭발하신 것 같기도 하고……. 어느 날 누나가 어머니에게 등짝을 맞으면서도 도망가지 않고 있으니까, 어머니가 '너도 근태처럼 제발 도망가라' 하시며 우신 적이 있어요. 당신 스스로 울화를 못이기는 때가 있었던 거죠."

— 아버지가 돌아가신 뒤 70년대에 도피생활을 할 때는 어머니가 더 힘이 드셨겠군요.

"나는 70년대 내내 피신했기 때문에 어머니와 거의 함께 살아보지 못했어요. 1971년 서울대 내란음모 사건으로 조영래, 장기표 등은 투옥되고, 내게는 지명수배가 떨어졌어요. 피신 생활이 시작된 거죠. 그러다 1972년 유신헌법이 공표되는 것을 보면서 '이제는 맞서 싸울 수밖에 없구나. 그게 나의 운명이구나' 하는 생각이 들었어요.

수배 중에 1972년 변형윤 학장 등 교수님들의 도움으로 졸업했고, 1년 여 동안 일신기업이라는 곳에 취업해 다녔는데, 그때는 월급 중에 일부를 떼내서 집에 가져갔으니까 아마 그게 어머니에게 효도했던 유일한 기간이었던 것 같아요."

— 그러다 두 번째로 1974년 긴급조치 위반으로 또 수배를
받았는데.

"내가 본격적으로 노동운동 지원활동에 나서니 심경이 날카
로워졌어요. 그리고 학생운동을 이끄는 후배들의 얘기를 듣게
되었어요. 저들(정보당국)이 어떻게 나오는지 살피고, 걱정되
고 해서 집에 들어가기 전에 전화를 걸고 그랬어요.

그런데 어느 날 전화를 걸었더니 어머니가 경찰이 나를 찾
는다고 말씀하시는 거예요. 그 일로 경찰이 어머니의 머리를
벽에다 찧고 심하게 해대는 바람에 나중에는 노망기가 와서
고생을 많이 했어요. 참 죄스러운 일이죠.

어머니는 1979년 가을쯤부터 암으로 자리보전을 하시다가
손자를 보셨고, 10·26사건이 난 뒤에는 내가 가끔 집에 들르
기 시작했어요. 그 즈음 의식이 가물가물하셨는데, 그제야 한
이 풀렸는지 눈을 감으시더군요."

김근태에게 1980년대는 민주화운동 투사로선 절정기였지
만, 개인의 삶에선 수난시대였다. 그는 1983년 학생운동 출신
들이 조직한 민주화운동청년연합(이하 민청련)을 조직해 의장
을 맡는다. 2년 뒤 그는 국가보안법 위반으로 구속되고, 남영
동 대공분실에서 23일 동안 물고문과 전기고문을 당한다.

결국 9월 20일이 되어서는 도저히 버티어내지 못하게 만신창이

가 되었고, 25일에는 마침내 항복을 하게 되었습니다. 집단폭행을
당한 후 그들은 본인에게 알몸으로 바닥을 기면서 살려달라고 애원
하며 빌라고 했습니다. 저는 그들이 요구하는 대로 할 수밖에 없었
고, 그들이 쓰라는 조서내용을 보고 쓸 수밖에 없었습니다."

—법정증언 중에, 《남영동》(1987년)

— 그 시절을 떠올리기조차 싫겠지만, 아버지와 어머니에
대한 생각이 많이 나지 않던가요?

"사람이 고립당한 채 있으면 상상할 수 없는 공포가 밀려옵
니다. 24시간 잠들어 있는 것 같고, 24시간 깨어 있는 것 같기
도 하고……. 내가 수감된 방의 앞과 옆방에는 정신질환자 재
소자들을 수감시켜 소리를 지르게 했어요.

그때 나를 감쌌던 것은 어머니의 마늘냄새 나는 치마폭과
아버지의 따뜻한 품이었어요. 그게 나를 일으켜세운 것 같습
니다. 내가 그래도 좌절하지 않고 버텨낸 열정은 어머니를 닮
은 것 같아요. 반면에 사람들에게 열린 마음을 갖고 사는 것은
아버지에게서 물려받은 것 같고요."

그는 수필집 《희망은 힘이 세다》(2001년)에서 당시를 이렇게
회고했다.

감옥에 갔을 때 꿈속에서 마늘냄새 나는 어머니의 치마폭에서

오래도록 잠을 잤습니다. 조금씩 잠에서 깨기 시작했을 때, 오랜만에 맛보는 그 따뜻한 꿈이 마냥 아쉬워 다시 잠을 청하려고 얼마나 애를 썼는지…….

그는 어두운 조사실에서 의식이 흐릿해진 상황에서도 고문자의 이름과 인상을 외우려 애썼고, 결국 밝은 세상이 이근안이라는 '고문기술자'를 단죄하게 만들었다.

그는 1990년 또다시 국가보안법 위반으로 2년 3개월 동안 감옥살이를 한다. '여기가 최악이다' 싶은 순간을 그는 다시 견뎌냈다. 인간의 생손본능은 다른 모든 본능에 우선한다고 한다. 하지만 그 생존본능을 온전히 유지하는 힘의 원천은 무의식적으로 체화된 삶의 경험이다.

김근태에게도 최악의 순간에 무너지지 않는 삶의 자산이 있었다. 그가 '어머니의 치마폭과 아버지의 품'으로 표현한 것, 그게 죽음의 공포를 이겨내는 유전자였을 것이다(그는 나중에 이근안을 감옥으로 찾아가 용서했다).

_아버지 그림

1978년 김근태는 친구의 소개로 만난 인재근과 결혼했다(정식결혼은 1980년). 이화여대 사회학과 출신의 운동가였던 인재근은 그다지 적극적(?)이지 않았는데, 김근태가 "나랑 결혼하지 않으면 도끼를 들고 쫓아가겠다"고 '협박'해 살림을 차렸다고 한다.

인재근은 아내이기 이전에 감옥 '안'에 있는 남편을 대신해 '바깥'을 책임졌던 동지였다. 그녀의 친화력과 포용력은 재야 운동권 내에선 공인을 받은 지 오래다. 지금도 '올드보이'들이 모이면 김근태보다 '인재근이 온다더라'는 얘기를 더 반긴다. 국회의원 지역구에서조차 "남편과 역할을 바꾸는 게 어떠냐"고 농담할 정도다. 남편의 고문당한 진실을 세상에 알려 재판을 열게 한 주역이고, 로버트 케네디 인권상도 남편과 공동수상했다.

두 사람은 1979년에 아들 병준(현재 한림대 대학원)을, 1982년에 딸 병민(경희대 졸업, 홍익대 미대 대학원)을 얻었다. 하지만 감옥에 있는 아버지는 다른 사람들이 추켜세우는 '훌륭한 아버지'일지언정 자식들에게는 '최악의 아버지'였다.

── 도피생활을 하면서 결혼을 결정하기가 힘들지 않았나요?
"학생운동을 시작하면서 가장 걱정되는 것은 누가 면회를 오나, 누가 돌봐주나 하는 것이었어요. 내 형과 누나는 각자 알아서 하는 스타일이었으니까요. 그런데 인재근을 만나고 나니까 '아, 이젠 면회를 올 사람은 걱정하지 않아도 되겠구나'라는 생각이 들었어요(웃음). 그런데 아이들이 문제였어요. 아버지 없는 아이들, 그렇게 만들지는 말아야겠구나 생각했죠."

— 그럴 방법이 있었나요?

"아이들에게는 가정의 안전을 지켜주지 못한 미안함이 가장 컸어요. 어쩌면 자식 3형제를 생사조차 모르고 잃어버린 아버지의 전철을 되밟지 않겠다는 생각을 했을지도 모르죠. 그래서 아이들에게 안온한 가족의 품을 느끼게 해줘야 하겠다고 작심했어요.

교도소장에게 다른 것은 다 양보해도 한 가지는 양보하지 않겠다고 했어요. 아이들이 오면 특별면회를 하게 해달라고 했죠. 초기에는 권력과 정보기관이 개입해서 교도소장이 어려워했는데 나중에는 허용해줬어요.

한 달에 한번씩 아이들과 면회를 했는데 아이들과 껴안고 놀고, 감옥에서 파는 과자를 미리 사놓고 기다리고 그랬지요. 아이들의 재롱도 보고. 그 시간만이라도 아버지의 존재감을 느끼게 하려고 애썼어요. 어쩌다 바깥상황이 좋지 않아 면회가 불허되는 날이면 그 분노와 좌절감에 몸을 떨었어요."

— 그 덕분에 아이들이 그나마 아버지를 느끼며 자랐겠군요.

"그래요. 다행히 아이들이 정서적으로 안정됐던 것 같아요. 감옥에 있는 아버지를 정기적으로 만나다 보니까 그런 상황을 자연스럽게 받아들이고, 가슴에 큰 상처를 받지 않았던 것 같아요. 무엇보다 인재근 씨가 아이들에게 아버지의 상황을 설명하고 자부심을 갖게 한 역할이 컸지요."

아들은 그 시절 아버지에게 평생 잊을 수 없는 그림을 선물했다. 아버지 김근태가 신군부에 맞선 최초의 공개적인 민주화운동단체인 민청련 의장을 하던 때 아들은 유치원생이었다. 어느 날 유치원에서 '우리 아버지'라는 제목으로 그림을 그리게 했다. 그 아들이 그려낸 그림 속 아버지는 검은 승용차 뒷좌석에 검은 안경을 낀 건장한 아저씨들 사이에 끼여 앉아 있었다. 너무나 왜소한 '작은 아버지'였다.

유치원 교사들은 고민하다 전시회 제목을 '자랑스런 우리 아버지'로 바꿔서 다른 아이들의 그림과 함께 전시해주었다. 아들의 그림 전시회를 보러간 인재근 씨는 그 그림을 보고는 너무 가슴이 아파서, 그리고 유치원 교사들의 배려가 너무 고마워서 화장실에 들어가 몰래 펑펑 울었다고 한다.

— 1992년 마흔다섯의 나이에 두 번째 옥살이를 마쳤고, 그것으로 '김근태 투옥시대'는 끝났습니다. 그때는 아이들이 꽤 성장한 시기였는데, 집에 돌아와 보니 제대로 크고 있던가요?

"감옥에서 나와 보니 큰놈은 중학생, 작은딸은 초등학생이었어요. 아버지가 곁에 없는데도 무탈하게 정서적으로도 안정되게 커준 게 너무 고마웠죠."

— 인 여사가 혼자 아이들을 살피느라 고생이 많았겠군요.

"아내가 아이들을 사랑하는 마음은 항상 드러나죠. 옆에서 보면 아이들을 마음에서 친구로 생각하는 것 같아요. 아이들에게 야단치는 것을 거의 본 적이 없어요. 하지만 한번 따끔하게 혼낼 때는 아주 준엄하게 해요.

지금 아들이 28세, 딸이 25세, 둘 다 대학원에 다니고 있는데, 저들 엄마와는 진짜 친구 같아요. 사실 인재근이가 좀 개그끼가 있잖아요(웃음). 항상 아이들의 눈높이를 맞추며 생활하는 것 같아요."

— 그런 교육방식에 불만은 없나요?

"내 아버지와 어머니도 자식들에게 뭘 요구하거나 기대하지 않고, 스스로 알아서 하고 그 결과에 대해선 책임져라 하는 식이었어요. 나도 그걸 물려받은 측면이 있는 것 같습니다. 아내가 활달해서 아이들과 친구로 지내는데 굉장히 정서관리를 잘하는 것 같고, 큰 불만 없어요.

다만 아들이 중학교 3학년이 됐을 때 어쩐지 내 기준에는 공부가 좀 부족한 것 같다는 생각을 한 적이 있어요. '이놈들이 최선을 다하지 않는 게 아닌가' 라는 생각을 했어요. '이 아버지가 너희에게 아버지 노릇을 잘하지 못한 것은 미안하다. 하지만 아버지가 나쁜 일을 하려고 그런 게 아니었지 않느냐. 이 민족과 사회를 더 나은 곳으로 만들려고 했던 것을 너희도 알지 않느냐. 그러니 너희는 더 잘 알아서 자신의 일에 노력해야 하지 않느냐.' 그런 기대가 있었어요. 특히 장남인 아들에 대해서는 내 나름의 기대가 있어서 약 10개월 동안 닦달을 했어요. 나중에는 매도 들었죠."

— 의외군요. 아이들의 일에는 이래라저래라하지 않으실 것 같은데.

"작은딸은 자기 일은 스스로 챙겨서 잘하는 편인데, 큰아들은 그 시절 마음만 착해서 동생을 보호하는 걸 가장 중요한 일로 생각했나 봐요. 그래서 고맙기는 했지요. 하지만 시험 때가 되면 밤샘도 좀 해야 하는데, 나는 그렇게 했는데, 그놈은 그렇게 하는 것 같지 않았어요. 최선을 다하지 않는 것 같아서 굉장히 불만이 많았어요."

— 그건 부모로서 욕심이 과한 것 아닌가요?

"맞아요. 내게도 그런 욕심이 있었던 것 같아요. '네가 김근태 아들인데. 그러면 네가 스스로 알아서 잘해줘야 하는 것 아니냐. 그런데 왜 집중하지 못하느냐' 하는 생각이 있었던 거죠. 아들에게 몇 번씩 주의를 주고 경고를 하다가 그래도 안 되니까 매를 들었어요.

그쯤 되니 아내와 딸이 반발을 했어요. '그렇게 해선 문제를 풀 수 없다, 그게 당신의 욕심일 뿐이다' 라고요. 나중에는 내가 크게 반성을 했지요. 아이들이 나름대로 정서적 안정을 지키면서 저들끼리 커준 것만도 고마운 일인데, '네가 김근태 아들이니까' 하는 것은 옳지 않다는 생각이 든 겁니다."

— 그런 마음에는 자식에 대한 욕심도 있지만, 자신의 희생적인 삶에 대한 보상을 바란 것은 아닌가요?

"그 두 마음이 다 있었던 것 같아요. 내가 좀 건방졌던 셈이죠.

'이 김근태가 누군데' 하는 마음 말입니다. 나 중심적인 생각이었어요. 아이들 입장에서 보면 우리 부부는 다른 가정들처럼 늘 함께 있어주는 부모가 되지 못했어요. 내 사정이 그랬고 아내도 사회활동을 하느라 집을 비우는 시간이 많았으니까요.

아이들만 있는데 누군가 몰래 들어와 방 한가운데에 칼을 꽂아놓고 가는 험악한 상황에서 아이들이 잘 커준 것만 해도 감사하게 생각해야 한다고 아내가 그러더군요. 크게 반성했어요."

— 아이들이 학생운동에 관심을 두지는 않았나요?

"아버지가 정치인이니까 모두 정치에 관심은 많은데, 제 엄마가 콧김을 발라놓았는지 학생운동에 참여하지 않더라고요. 조금 불만도 있었지만 아내와는 사실 서로 안도하는 마음도 있었어요. 사실 아이들이 갑자기 구속됐다고 하면 어떻게 하나 은근히 걱정이 되기도 했습니다. 그걸 덜어준 것은 고맙지만, 엄마 아버지가 고생하는 걸 보면서 학생운동과는 일부러 거리를 두고 산 게 아닌가 생각이 들기도 합니다."

— 그 아들이 '정치인 김근태'의 삶을 부담스러워하는 것은 아닐까요?

"아들이 정치를 하고 싶어하지는 않는 것 같아요. 그래도 내 선거 때면 궂은일을 도맡아서 합니다. 국회의원 선거에 나온 초창기에는 사람들이 그 아이가 내 아들인지 모를 정도로 묵묵히 혼자서 일을 했어요. 내 마음속에 그런 고마움이 있는데, 아직까지 그렇게 표현하진 못했어요.

딸과는 그런 얘기를 나눈 적이 있어요. 내가 불출마를 선언 (2007년 6월)할 때 아내와 딸은 반대를 했어요. 그런데 선거를 얼마 앞두고 딸이 '그때는 반대했지만, 이제는 아버지가 이해되는 것 같다. 아버지의 결단으로 조금이라도 통합이 이뤄지는 것 같고, 아버지가 어떤 뜻에서 자신을 희생했는지를 알게 됐다'고 했어요. 내가 감동을 먹었지요. 서로 정서적 공감대를 가지면 꿈을 주는구나 하는 생각이 드는 겁니다.

나중에 딸이 제 오빠에게 그런 일이 있었다고 얘기를 했나 봅니다. 그랬더니 아들은 '아버지와는 그런 얘기를 못했다. 네가 참 부럽다'고 하더랍니다. 아이들과 정서적인 만남을 통해 친구가 됐으면 좋겠다는 생각을 했어요. 세상을 함께 살아가는 친구 말입니다."

— 그래도 아들을 보면 생물학적 유전자가 감지됩니까?

"그럼요. 또 '고무도장'이에요(웃음). 그런데 아내는 '아들 대에서 종자개량을 했다'고 합니다. 나와 달리 키가 큰 편이에요. 아내는 내가 입이 좀 튀어나왔다고 늘 '망치로 두들겨서 도로 집어넣었으면 좋겠다'고 했는데, 아들도 나를 닮아 좀 그래요. 종자개량을 하기는 했지만 여전히 고무도장이지요(웃음). 정말 대물림을 한 유전자가 있어요. 내가 행동이 좀 느린 편이잖아요. 그놈도 느려요(웃음)."

_우리 시대의 아버지

김근태에게는 삶의 도움과 지침을 준 두 아버지가 더 있었다. 첫 아버지는 경기고 2학년 때 입주 가정교사로 받아주었던 엄익생 선생이다. 당시 보건사회부 용도계장이었고, 김근태는 그의 큰아들을 가르쳤다.

6개월 동안 그 집에 머물다가 그 아들이 서울고 입학에 실패하자 면목이 없어 나오려고 했는데, 엄 선생은 아이들에게 형 노릇만 해주면 된다며 붙잡아 머물게 해주었고, 대학졸업 때까지 도움을 주었다.

그러나 1980년 자유의 몸이 되어 그 집을 다시 찾았을 때는 집주인이 바뀌어 있었다. 엄 선생은 멀리 아르헨티나로 이민을 떠난 뒤였다.

── 이민을 간 뒤에 다시 연락이 됐겠군요.

"그러질 못했어요. 30년이 지나고 내가 국회의원이 되고 나서야 연락이 닿았어요. 2000년 4월인가 전화통화를 했지요. 사실 그분이 이민을 가게 된 주된 원인이 나 때문이었다는 것도 그제야 알게 됐어요. 정보부 사람들이 찾아와 내 행방을 물으며 괴롭히다가, 급기야 엄 선생이 부정을 저질렀다면서 끌고 가 폭언과 협박을 한 뒤에 지방 검역소로 발령을 내버렸다고 해요. 엄 선생은 곧바로 사표를 냈고 이민을 떠나게 된 거였어요.

나는 전화통화를 하면서 정말 죄송하다고 말씀을 드렸어요. 나중에 남미 쪽으로 방문할 일이 있을 거라며, 꼭 만날 수 있을 거라고 말씀 드렸는데, 그만 2001년에 돌아가셨어요. 다시 얼굴을 뵙지 못한 거지요.

2004년에 그분이 근무하셨던 보건복지부 장관이 됐고, 퇴직한 직원들에게 물었더니 엄 선생을 알고 있었어요. 그 직원들이 참으로 묘한 인연이라고 그러더군요. 참 묘하죠?"

— 인생을 살아가는 원칙을 가르쳐준 분은?

"아마도 변형윤 서울대 명예교수일 겁니다. 군에서 제대한 뒤에 1972년 수배를 받는 처지에도 졸업을 할 수 있게 해준 분이지요. 처음 만났을 때는 좀 당혹스러운 분이셨어요. 학생들이 당신보다 늦게 들어오면 강의를 못 듣게 하고 쫓아내셨어요. 학생들은 변 교수보다 1초라도 늦었다 싶으면 감히 강의실에 들어갈 엄두를 내지 못했어요. 그러고도 뒤끝이 없는 분이셨어요.

그런데 교수님은 일부러 하지 않는 게 하나는 있어야 한다고 그러셨어요. 군사독재, 유신시대였는데 당신은 북악스카이웨이에는 안 간다고 했지요. 시민들에게 굳이 필요가 없는데도 청와대 경호를 위해, 과시를 위해 자연을 파괴하며 만든 것이라면서 말입니다.

'한 가지는 안 하는 게 있어야 한다.' 그 말은 동시대 사람들의 삶과 거리를 두는 일은 하지 말라는 뜻인데, 내 인생에서 의미있게 뿌리를 내린 것 같아요. 꼭 그렇게까지 얘기할 것은 아니지만, 내가 지금도 골프를 안 치고 동네 조기축구를 하는 것도 그런 영향입니다. 분에 넘치는 식사 같은 것도 안 합니다. 값비싼 옷도 그렇고요. 실제 그런 소비를 할 만큼 돈을 벌 기회도 없었고요."

— 시대의 저류와 같이 호흡해야 한다는 뜻인가요?

"국회의원이 된 뒤에 대중교통을 이용하는 분들과 자꾸 멀어진다는 생각에서 가끔 지하철을 탑니다. 사실 대중교통을 이용하면 불편하기는 합니다. 사람들이 자꾸 말을 걸고, 저녁에 타면 술 한잔하신 분들이 다가와서 따지기도 하고요(웃음).

그런데 얼마 전 잭 웰치가 책에서 '근로자의 땀냄새를 느끼고, 소비자인 시민의 분위기와 땀냄새를 맡을 수 있는 사람만이 진정한 CEO가 될 수 있다'고 말한 것을 읽고 정신이 번쩍 들어요. 정치인이야말로 그래야 하는데 말입니다."

— 사실 이 시대가 바라는 아버지란 자식들과의 거리감이 없는 아버지이면서, 정신적으로나 물질적으로 모두 지원해줄 수 있는 아버지인 것 같습니다. 너무 힘든 것 아닌가요?

"후기 산업사회는 근본적으로 과로(過勞)체제이지요. 거기다 남성들은 가정에서 소외당할 수밖에 없는 조건이 만들어졌어요. 농경사회에선 아버지가 땀흘려 일하고 경제생활의 중심이라는 것을 설명하지 않아도 자식들이 알 수 있었어요. 의사결

아버지와 역사의 무게

정 과정에서도 중요한 역할을 하고 있다는 것을 분명히 알게 돼 있고요. 하지만 공장제와 도시화가 이뤄진 현대사회에선 자식들이 아버지가 어떻게 경제활동과 의사결정에 참여하는 지를 제대로 알 수가 없어요.

어떤 신문기사를 읽었는데, 아들이 아버지에게 전화를 했더니 처음엔 '엄마 바꿔줄까?' 하더랍니다. 그래서 아들이 '아버지와 전화하고 싶다'고 했더니 이번엔 '돈이 필요해?' 하고 묻더래요. 다시 아들이 '아버지와 얘기하고 싶다'고 하니, 그 때는 '너 술 마셨냐?' 하더랍니다. 아버지와 자식 간에 의사소통이 단절될 수밖에 없는 커다란 강이 놓여 있는 거죠. 아버지와 자식 간의 정서적인 교환을 하는 데 계기가 마련되지 않는 게 심각한 문제인 것 같아요."

― 그래서 아버지의 위기, '권위의 위기'라고들 합니다만.

"요즘 자식들이 바라보는 시선 속에는 아버지가 돈을 얼마나 벌어오느냐, 얼마나 사회적으로 지위가 있느냐, 그런 기준들만 있는 것 같아요. 아버지가 어떻게 생산활동에 참여하고 있는지, 얼마나 땀흘리며 애쓰는지를 알려는 시선은 없는 것이지요.

그게 보편화되면서 이 시대의 아버지들은 '힘이 있는 사람이냐 그렇지 못한 사람이냐, 돈이 있는 사람이냐 없는 사람이냐'라는 식으로 재단돼버리는 것 같아요. 아버지와 자식들의 인격적인 만남이 이뤄지지 못하고 있는 것이죠.

재산, 권력, 사회적 지위로만 보면 아버지가 대상화돼버립니다. 가족이지만 타인이 돼버린다는 뜻이죠. 진정한 사람과 사람의 만남이 단절되는 것입니다. 이로 인해 아버지의 존재가 부정되고 맙니다. 인간적인 고뇌를 안고 있는, 그러면서 가족과 더불어서 생활을 유지하는 데 책임있는 역할을 하는 아버지의 모습은 사라져버립니다.

여기에는 개인의 책임도 있지만 세계화 과정에서 선택받는 자와 선택받지 못하는 자의 격차에서 오는 것도 크다고 봅니다.”

김 의원이 설명하는 '아버지 위기론'은 날마다 소주잔을 부딪치며 그날의 상처를 보듬어야 하는 이 시대 보통 아버지들의 한탄과 맥이 닿아 있었다.

그런데 그의 위기감은 또 다른 곳에서도 다가오는 모양이었다. 그는 사무실을 나서려는데 “무엇을 하건 공격할 때도 중요하지만, 퇴각을 잘해야 한다. 그러지 못하면 더 많은 사람들이 다친다”며 긴 숨을 내쉬었다.

그 한숨은 그를 둘러싼 정치상황에 대한 것만이 아니라 그 자신을 향한 것 같기도 했다. 정치판 승부에서 패배에 대한 좌절만으로는 설명할 수 없는, 더 깊은 심연에서 자신의 갈 길을 가리키는 운명을 직감했을 때 나타나는 신호 같은 것이었다.

김 의원은 2007년 6월 범여권의 분열을 보다못해 대선 불출마를 선언했다. 그때 오랫동안 정치행보를 함께해온 인사들은 물론, 부인 인재근 씨도 "5년 전에도 포기했는데 또 이러면 의지박약"이라며 반대했다고 한다. 누구보다 의지력이 강한 김 의원인데, 아내이자 동지의 뜻까지 거슬러야 할 만큼 그의 가슴을 압박하는 그 무엇이 있었던 것이다. "또 분열하면 안 된다"는 대의(大義)에 자신의 권력의지를 묻어야겠다고 결심하게 만든 그 무엇이 말이다.

한동안 그게 무엇일까 고민하다 어림짐작을 할 수 있는 그의 과거 생각을 우연찮게 찾아내곤 그 한숨이 아버지로 인해 절감하는 역사의 무게일지 모른다는 직감이 들었다.

아버지는 19살에 일어난 3·1운동 때 읍내시장에 못 나가시고 뒷동산에 올라가서 실컷 만세를 부르셨다고 말씀하셨지. 그 이야기를 들으면서 안도의 숨은 쉬었지만, "에이, 왜 좀더 대담하지 않으셨을까?"라며 투덜거리던 내 초등학생 때 기억이 되살아나는구려. 유관순 누나 같은 아버지가 아닌 것이 창피한 적도 있었지. 심약한 아버지를 가볍게도 생각하고.

그러나 이제는 우리 아버지를 알게 되는 것 같다오. 작은 그런 아버지의 삶을. 이 철창 안에 들어앉아서 말이오. 그리하여 다시 내가 우리 아버지의 그 고뇌에 참여하면서, 그 삶을 사는 것이 아닌가 싶소. 혹시 내 삶을, 절망을, 아버지가 먼저 사셨던 것은 아닌지 모르겠소. 그리하여 남겨지고 이어지는 그 삶을, 그런 치욕과

중압을 오늘 여기서 내가 살고 있는 것이겠지요.

—1986년 1월 서울구치소에서 부인 인재근에게 보낸 편지 중에,

《남영동》(1987년)

김근태에게 드리운 아버지의 그림자는 1995년 그가 민주당에 입당하며 제도권 정치에 발을 들여놓은 이후에도 계속됐을 것이다. 정치인 김근태는 현실의 권력투쟁 속에서 정략과 비전에 따라 부단히 많은 지지를 받는 대중 정치인이 되기를 도모했겠지만, 선배 김근태의 삶은 역사의 아이러니에 치인 번민의 나날이었을지 모른다는 얘기다. 인재근 씨가 언젠가 "그 성품으로 여기까지 온 것도 기적"이라고 말한 것도 그런 의미였을 것이다.

흔히 정치는 생물이라고 한다. 변화와 적응이 정치 생명력의 요체다. 앞으로도 정치인 김근태는 그런 정치생리에 따라 또 다른 구호와 깃발을 향해 움직여갈 것이다. 그게 정치인 김근태가 떠맡은 역할이다. 또한 그 변화무쌍한 그의 앞날은 누구도 쉽게 예단할 수 없을 것이다.

다만 짐작컨대, 선배 김근태의 삶은 역사의 수레바퀴를 굴려가는 기존의 행로에서 크게 벗어나지 않을 것이다. 정치성향과 상관없이, 그것은 기꺼이 자신의 등을 수그려 다른 이의 발판이 되어주면서 모두에게 할 일을 '강제'하는 게 올바른 삶이라고 생각하는 사람들이 사는 법이다.

그건 아버지의 삶이 가르쳐준 것이고, 아들이 뒤늦게 깨달은 것이며, 그가 운명처럼 느끼고 있는 것이다. 그 선배의 삶을 지켜보는 이 후배가 큰 위안을 얻게 되는 것도 그 때문이다.

　　아버지와 자식의 관계를 우습게 보지 마라. 그게 나의, 내 가족의, 내 나라의 역사가 된다. 아버지의 유전자는 역사를 만든다.

대단한 아버지, 평범한 아버지

- 박진 KDI 국제정책 대학원 교수

......"아버지의 그늘은 틀림없이 있습니다

박승 전 한국은행 총재의 아들 박진으로 말입니다.

하지만 어린 시절부터 그런 아버지에게

인정받으려고 노력해온 것이 제게 큰 힘이 된 것 같습니다.

아버지의 그늘은 아직도 제 발전에 연료가 되고 있어요.

꼭 사회적 성공만이 아니라 삶을 사는 방식도 포함해서요."......

박진

1964년 서울 출생. 박승 전 한국은행 총재의 장남으로 서울대 경제학과 졸업 후 미국 펜실베이니아 대학에서 경제학 박사를 받은 뒤, 한국개발연구원(KDI) 국제정책대학원 교수(경제학)로 재직 중이다. 민간 싱크탱크인 미래전략 연구원 원장도 맡고 있다.

    박진 KDI(한국개발연구원) 국제정책대학원 교수를 비롯해
한국행정학회 소속 교수들과 저녁 자리를 함께할 기회가 있었
다. 동료 교수들이 박 교수와 인사를 나누자마자, "박 교수!
대단한 아버지 두셨던데요. 그런데 이거 축하해야 할지, 위로
를 해야 할 지"라며 농을 걸었다. 박 교수의 아버지는 박승
(1936년~) 전 한국은행 총재다. 사실 박 전 총재를 두고 '대
단한 아버지' 운운하는 것은 농담이 아닌 진담일 터였다.

    박 전 총재는 한국경제 발전의 '산 증인'이다. 1961년 25세
의 나이로 한국은행에 발을 들여놓은 이후 70세였던 2006년
한국은행 총재직에서 물러날 때까지 그는 한국경제의 압축성
장과 산업고도화 시기에 정책입안과 실행에 참여한 주역이다.
한국은행 조사역(박정희 정부)을 거쳐 금융통화위원(전두환 정
부), 대통령 경제수석비서관과 건설부 장관(노태우 정부), 대한

주택공사 이사장(김영삼 정부), 공적자금관리위원회 민간위원장(김대중 정부), 한국은행 총재(김대중, 노무현 정부)를 역임했다. 역대정권마다 빠짐없이 경제부처의 고위 공직자로서 참여한 드문 사례를 남겼다.

여기에 1976년부터 2001년 정년퇴임할 때까지 중앙대 경제학과 교수로 재직해 공직에 있던 기간을 제외하곤 어김없이 대학강단을 지킨 경제학계의 거목이기도 했다. 공직과 학계를 오가며 경제현안의 이론과 현실을 접목하기 위해 노력한 학자의 모델, 그런 박 전 총재였으니 '대단한 아버지'라는 찬사가 새로운 애깃거리가 될 리 만무했다.

궁금한 나머지 "아니, 무슨 사연이 있어서 그러느냐?"라고 물었다. 한 동료교수가 너무 재미있다는 표정으로 말을 받았다.

"박 교수의 아버님이 얼마 전 한 언론 인터뷰에서 재산을 모두 사회에 환원하겠다고 밝혔거든요. 그래서 그 아버님이 더욱 대단하신 것은 당연한데, 그 아들인 우리 박 교수는 어떤가 싶어 한번 찔러보는 거죠. 아마 박 교수는 그런 축하는 받고 싶지 않을걸요."

좌중에 한바탕 웃음보가 터졌다. 박 교수는 한 술 더 떴다.

"저는 속이 탑니다. 혹시 (제 아버지를) 만날 기회가 있으시면 제가 어렵게 살고 있더라고 이야기 좀 해주시죠. 그 결과 뭐라도 받게 되면 술 한잔 살게요."

그 역시 농반진반(弄半眞半)의 '고수'였다. 동료들의 축하 반,

1989년 박진(맨 오른쪽) 내외가 유학중 잠시 귀국했을 때 서울 갈현동 집에 아버지 박승(가운데, 당시 건설교통부 장관) 내외 등 가족들이 함께 모였다. 이 집에서 아버지는 26년 동안 살았다.

박진의 서울 역촌초등학교 졸업식에 아버지(당시 한국은행 근무)가 참석했다. 아버지의 등장은 상당히 의외의 일이었고, 그 이후 아버지는 졸업식장에 나타난 적이 없다.

박승 전 한국은행 총재의 5남매 부부와 손자, 손녀들이 2007년 여름 제주도에서 모처럼 한자리에 모였다. 모두 22명의 대가족이다.

위로 반의 술잔을 받고나자 불쾌해진 박 교수는 혼잣말처럼 "정말 우리 아버지 대단해요"라며 엷은 미소를 지었다. 부지 불식간에 나온 고백 같기도, 또 어쩌면 많은 상념을 정리하려 는 다짐 같기도 했다.

자신의 삶에 가장 가까운 인물이자, 같은 대학 같은 학과(서 울대 경제학과) 선배로 같은 학문에서 깊이를 견줘야 하는 학 자이기도 한 아버지. 박 교수는 그런 아버지를 머리로, 또한 가슴으로 받아들이고 있었다.

_독한 양반

얼마 뒤에 박 교수를 서울 홍능의 KDI대학원 연구실에서 만 날 수 있었다. 박 교수는 "이런 얘기들을 늘어놓아도 되는 건 지 좀 망설였다"면서도 "아버지에 대한 기억을 정리하고 제 아이들에게 무언가 남기는 계기도 되는 것 같다"면서 흔쾌히 인터뷰에 응했다.

박진은 2남 3녀 중 장남이다. 그는 서울대 경제학과를 졸업 한 뒤 미국 펜실베이니아 대학에서 경제학 박사학위를 받았 다. 그의 동생들과 가족들도 학자집안의 면면이다. 어머니 권 영하 여사는 이화여대에서 국문학을 전공했다. 첫째 여동생 유(42세, 중앙대 졸업)와 남편 김성수 강원대 공대교수, 둘째

여동생 원(40세, 이화여대 졸업)과 그 남편 박재모 포항공대 물리학과 교수, 셋째 여동생 선(38세, 중앙대 졸업)과 남편 최윤호 연세대 생물학 박사 및 (주)유니레버 부장, 막내 남동생 준(35세, 미국 피츠버그대 정치학 박사, 삼성경제연구소) 등 모두가 제자리를 잡아 나름의 일가를 이루고 있다.

박진의 부인 박진선은 서울대와 뉴저지 주립대학에서 미술사를 전공했으며, 박준의 부인 이지성은 이화여대와 미국 듀케인 대학에서 피아노를 전공했다.

박진은 책상 위에 놓여 있는 사진액자를 가리켰다. 최근에 온 가족이 휴가를 얻어 제주도 여행을 갔을 때 함께 찍은 모습이다. 박 전 총재 부부와 5남매 부부, 그리고 손자들까지 20여 명의 일가족이 빠짐없이 모였다. 3대가 모여 있는 그 사진 속의 밝은 얼굴에는 서로가 보듬을 수 있는 추억들이 함께 담겨 있는 듯했다. 오래 보면 볼수록 수많은 대화가 오가는 듯한 잔상을 남기는 게 가족사진이던가.

— 이렇게 일가를 이룬 것만 봐도 박 전 총재는 '대단한 아버지'이시군요. 너무 대단한 아버지라서 아들에겐 썩 부담감이 클 것 같은데.

"어릴 때부터 '너는 아버지보다 나아야 한다'는 얘기를 듣고 자랐는데, 아직도 해결되지 않은 압박이고 과제입니다. 아버지는 제가 넘기 힘든 산 같기도 해요. 그러면서도 제가 성장하는 데 가장 많은 도움을 주었고, 또 롤모델로 삼았던 인물, 그게 바로 제 아버지죠."

박진은 아버지가 한국은행에서 근무하던 시절인 1964년 서울 사직동에서 태어났다. 세 살 때 기억 중 하나는 당시(1967년) 사직터널을 뚫을 때 아버지가 "저기 가면 곰이 있다"고 겁을 주었던 일이라고 한다. 네 살 때에는 밤에 잠을 자다가 아버지가 세발자전거를 사와 마루에서 자전거를 탄 기억이 있다고 했다.

아버지와 관련된 가장 의외의 기억은 초등학교 졸업식에 아버지가 휴가를 받고 오신 일이라고 한다. 어린 시절 아버지와 단둘이 찍은 사진은 그때의 졸업식 사진이 유일하다고 했다.

박 전 총재는 어린 아들이 5세 때인 1969년 미국 중앙은행에 9개월간 연수를 다녀왔다. 한국은행 조사부에 근무하면서 국민소득 추계, 경제분석, 통화정책 입안 등에 참여하면서 체득한 것을 엮어낸 《한국경제성장론》이라는 첫 저서가 주목을 받았고, 내친김에 가장 선진적인 금융제도를 갖춘 미국 중앙은행을 알게 된 것이다.

박 전 총재의 '학구열'은 계속됐다. 1972년 36세였던 박 전 총재는 미국 뉴욕 주립대로 본격적인 유학길에 오른다. 박진은 초등학교 2학년, 그 아래로 여동생이 셋이나 있었다. 어머니는 막내를 임신한 상태였다.

― 만삭의 부인을 두고, 아주 독하게 유학길을 떠났군요.

"제 말이 그 말입니다. 아주 독한 양반인 거죠(웃음). 더구나 제 할머니도 같이 살고 계셨는데 말입니다. 그 가족들을 모두 어머니에게 맡기고 혈혈단신 유학을 간 겁니다.

그런 점에서 보면 아버지의 성공에는 어머니의 희생과 헌신이 있었습니다. 그게 아버지로 하여금 석·박사 학위를 불과 2년 반 만에 마치게 했을지도 모르지요. 가족을 위해 빨리 돌아가야 한다는 생각에 말입니다. 아버지는 자신의 도약을 위한 드라이브가 굉장히 강한 분이었던 것 같아요."

― 학위를 2년 반 만에 마쳤다는 것도 '독한 사람' 소릴 들을 만한데요.

"제가 기획예산처에 근무할 때 당시 진념 장관님께서 제게 '자네, 박사학위 따는 데 얼마나 걸렸나?'라고 물으시더군요. 제가 '4년 반 걸렸습니다'라고 했더니, 대뜸 '왜 그렇게 오래 걸렸어. 자네 부친을 봐!'라며 핀잔 아닌 핀잔을 줍디다(웃음)."

― 인격형성에 가장 중요한 시기에 '아버지 부재' 상황이었군요.

"어렸을 때부터 아버지가 연수, 유학, 해외파견 등으로 집을 비울 때가 많았어요. 그때마다 아버지는 제게 '네가 장남이다'라면서 자립심을 자각시키려 했어요. 저도 아버지가 유학을 떠난 뒤에는 집안에서 한몫을 하려고 했죠. 어머니와 함께 외출할 때도 지갑을 챙겼느냐고 묻기도 하고 어딜 나가시냐고 묻기도 하고……. 가장노릇을 하려고 한 거죠. 그러다 보니 제가 어렸을 때부터 애늙은이라는 소리를 많이 들었어요. 지금 제가 썩 젊어 보이지 않는 것도 그 때문이 아닌가 싶습니다, 하하."

아버지의 아들 자립심 키우기는 유별났다. 아버지가 유학을 떠나기 전 일이다. 초등학교 1학년이었던 박진은 어머니와 함께 나선 등굣길에 버스를 빨리 타러 뛰어가다가 지나가는 승용차와 가볍게 부딪치는 일이 생겼다. 그날 저녁 아버지가 집에 돌아오자 어머니는 아침에 벌어졌던 일을 소상하게 전했다.

— 아버지가 야단을 치시던가요?

"보통 아버지들은 그런 상황에선 '상처를 보자. 어디 아픈데 없느냐'라고 말하지 않습니까? 그런데 제 아버지는 그 자리에서 소탐대실(小貪大失)을 설명하시더라고요. 버스를 조금 빨리 타려다 다친 것 아니냐, 항상 작은 것에 욕심을 내다가 큰 것을 잃게 된다, 그런 얘기를 길게 하셨어요. 제대로 실천은 못해도 '소탐대실'이란 사자성어를 제가 잊을 수가 없지요.

초등학교 시절 아버지와 함께 목욕탕을 가도 서로 옆에 앉아서 등을 밀어주는 보통의 부자지간이 아니었어요. 각자 떨어져 목욕을 한 뒤에 밖에서 만났어요. 지금 생각해보면 굉장히 아들의 자립심, 독립심을 키워주려고 했던 것 같아요. 당신이 별로 도와주지 않고 '네가 알아서 해봐라'라는 마음으로 지켜보는 것 같은 느낌이었어요."

— 부모는 자식의 자립심을 키우려 애쓰죠. 하지만 끝까지 냉정함을 지키기가 쉽지 않은 것 같아요. 힘들어하는 자식을 거들고픈 마음을 절제하면서 지켜봐주지 못하죠. 그리고 그런 실험은 장남에게 집중되기 마련인데.

"사실 저는 여동생들과 터울이 많이 지는 편도 아닌데, 제가 여동생들 공부를 가르치다시피 했어요. 지금도 여동생들은 그 시절엔 오빠가 아빠보다 더 무서웠다고 하더군요. 매제들에게는 좀 미안한데, 심지어 제가 여동생들 종아리도 때렸거든요. 고등학생이 돼서도 귀가시간이 늦으면 제가 회초리를 들었어요.

어린 시절 아버지의 부재상황이 엄한 오빠노릇을 하게 만든 거죠. 어찌 보면 아버지가 저를 '중간보스'로 키우신 셈입니다. 그때 기억 때문인지 지금도 제 동생들은 저를 잘 믿고 따라주는 편이에요. 저만 그렇게 생각하고 있는지는 모르지만요."

— 아버지가 미국유학을 다녀와서도 1974년 사우디아라비아에 경제기획 자문단장으로 1년 넘게 가 계셨던데요.

"그건 제가 초등 5년 때였어요. 이번에는 아버지 혼자 가신 게 아니라 어머니와 어린 동생 둘을 데리고 가셨지요. 집에는 할머니와 이모 두 분이 함께 지냈는데, 큰이모는 직장에 다녔고 작은이모는 대학생이었어요. 그래도 제가 제딴에는 가장

(家長) 아닙니까. 집안의 기강을 잡아야 한다고 생각했죠. 이모들이 밤늦게 집에 들어오면 항상 제가 스트레스를 줬어요. '이 집안의 가장은 접니다'라고요. 지금 생각하면 이모들에게는 좀 미안한 생각이 듭니다.

부모님이 사우디아라비아에 가 있는 동안에는 부모님께 서울에 남아 있던 두 동생의 생활상을 편지에 써서 보내고, 제 고민을 털어놓기도 했죠. 사실 제 나름으론 가장역할을 하고 있었지만, 당연히 아버지란 존재가 그리워졌죠.

몇 학년 때인가, 어쩌다 반장이 됐는데 부반장이 월권을 하는 거예요. 그래서 외국에 계신 아버지에게 편지로 '부반장이 반장노릇을 하려고 합니다. 어떻게 해야 하나요?' 하고 자문을 구했죠. 아버지가 참 명쾌한 답장을 보내주셨어요. '네가 존경받지 못할 행동을 하는 것이 있는지 반성하라. 양보하고 솔선수범해야 네게 힘이 생긴다' 등등. 멀리 계셨어도 아버지를 느끼며 살 수 있었죠."

_자립심이 밑천, 교육이 유산이다

부모는 삶이 가르쳐준 경험칙에 따라 자식을 가르친다. 박 전 총재도 그런 일반원칙에서 크게 벗어나지 않는다. 하지만 그는 물려줄 것과 물려주지 말아야 할 것을 철저하게 구분하는 법을 일찍 깨달은 것 같았다.

아버지들이 자식 앞에서 흔히 늘어놓는 훈계나 넋두리는 비슷하다. 자식에게 해주는 인생상담이라는 게 '너는 나중에 커서 아버지를 닮지 말라'는 면피성 자학, 아니면 '너는 누굴 닮아서 그러느냐'는 비합리적인 추궁, '인생이 다 그런 거야'라는 구체성 없는 해법제시가 대부분이다.

박 전 총재는 적어도 그런 진부한 훈계나 넋두리를 늘어놓지 않아도 될 만한 삶을 온몸으로 살았다. 그런 삶 자체가 자식들에게는 가장 훌륭한 교육이자 인생상담용 교재가 되는 셈이다.

박승 전 총재는 전북 김제가 고향이다. 한글 초서연구에 일가견을 지녔던 부친은 농사일에 서투른 선비였다. 일제강점기에 했던 한글 초서연구 서적은 지금 독립기념관에 기증되어 있다. 박 전 총재는 6남매 중 다섯째였지만, 큰형이 전란 중에 세상을 뜨는 바람에 장남 몫을 해야 했다. 솔가리를 긁어 땔감을 마련하는 일은 물론, 어머니와 벼농사를 함께 짓는 게 최대임무였다.

1948년에 6년제인 이리공업중학교 기계과에 입학했다. 남다른 뜻이 있어서가 아니라 단지 집에서 다닐 수 있는 통학거리가 가장 짧다는 게 이유였다. 집에서 5km를 걸어 김제역까지, 거기서 기차로 이리(익산)역에 도착한 뒤 다시 2km를 걸어가야 학교에 닿았다. 지금 계산으론 도저히 짧다고 할 수 없는 거리였지만 박 전 총재는 그런 통학여행을 6년 동안 매일 거르지 않았다고 한다.

— 박승 전 총재께서는 자신이 버텨내야 한다는 자각이 일찍 몸에 배어 있었군요.

"할아버지가 그런 가르침을 주셨나 봐요. 아버지가 중학교 시험을 보러가다가 도중에 수험표를 집에 두고 온 사실을 알았답니다. 집에서 나온 지 이미 1시간 정도는 지난 뒤였는데도, 같이 걸어가던 할아버지는 '네 책임이니 당장 뛰어가서 수험표를 가져오라'고 하셨답니다.

자신이 실수한 일은 누구도 대신 해결해주지 않는다는 것을 할아버지가 심어주신 거죠. 아버지의 강한 자립심은 이런 과정을 거쳐 굳어진 것 같아요."

'유산은 없다'는 선언은 그 시절부터의 유산이다. 박 전 총재는 장남 박진이 초등학교 저학년일 때부터 "네게 남겨줄 유산이 없다"면서 "단, 너에게 정신과 교육을 준다"고 자주 얘기했다고 한다. 박 전 총재는 부모가 자식에게 마련해줘야 하는 '살아갈 재산'이 환금성의 동산이나 부동산이 아니라 정신과 교육이라고 일찍부터 생각한 것이다.

— 교육에 대해서는 강조를 많이 하셨군요.

아버지라는 이름의 아버지

"해방 직후 돌아가신 제 큰아버지의 영향도 있었을 것입니다. 상당히 똑똑하셨던 분인데 집안사정이 어려워 중학교 진학을 못한 분이었답니다. 땔감을 마련해오라고 하면 학교에 못 가는 처지가 서러워 산소에 가서 울다 오는 일이 많았답니다.

막내이던 아버지가 중학교에 진학하여 하굣길에 형을 만나 좀 민망했는지 학생모를 벗었나 봅니다. 그러자 당시 20대 초반의 큰아버지는 '이놈아, 이렇게 멋진 모자를 왜 벗고 다녀. 자, 이렇게 한번 써봐라' 하면서 대견스럽다는 듯이 아버지 머리를 연신 쓰다듬었다고 합니다.

사실 제 아버지 형제, 남매들 중에서 중학교 이상 나온 분은 아버지 한 분입니다. 집안의 대표선수로 공부에 모든 것을 걸어 성공한 분으로서 '교육'의 중요성에 대해서는 절감한 분이지요."

— 아버지께서 자식교육을 위해 구체적으로 어떤 준비를 하셨습니까?

"아버지가 중학교에 진학해서도 집안사정은 나아지지 않아 납입금을 못 내는 경우가 많았답니다. 그러면 학교에서는 시험을 보지 말고 집으로 되돌아가라고 했답니다. 교문을 되돌아나오면서 '내 자식에게는 이런 일이 없도록 해야겠다. 돈이 없어 교육을 받지 못하는 일은 없게 해주겠다'고 결심했다 하시더군요.

제가 그 결심 덕을 보았죠. 아버지는 제가 초등학교 시절부터 '네 유학비용을 마련하기 위해 저축하고 있다'는 얘기를 했어요. 그게 1970년대 초의 일인데, 지금 생각하면 별로 넉넉하지도 않던 시절인데도 자신의 결심을 실천한 겁니다. 빈농의 아들로 태어나 아무런 유산 없이 시작했던 당신의 삶이 그런 것을 가르쳤겠지요.

집안이 어려워 진학을 하지 못한 채 돌아가신 큰아버지, 어려운 환경에서 열심히 공부한 아버지. 유학시절 공부가 어렵고 하기 싫을 때 저를 지탱했던 힘이지요."

— 어린 아들의 유학준비를 하다니, 굉장히 계획이 철저한 분이셨군요.

"아버지의 준비성은 전형적인 경제학자의 그것이었어요. 예를 들면 이런 겁니다. 제가 중학생일 때 아버지가 처음 자가용을 마련했는데, 제게 이런 말씀을 하신 게 기억에 납니다. '차를 사면 시간이 지날수록 값이 떨어진다. 그래서 새 차를 사면, 그날부터 떨어지는 차 가격만큼 저축을 해놓아야 나중에 또 차를 살 수 있다'고 말이죠. 아버지는 다음에 차를 바꿀 때를 대비해서 따로 저축을 했어요."

박승 전 총재의 교육에 대한 신념을 보여주는 일화가 하나 더 있다. 박진은 고등학교 1학년 겨울 어느 날 새벽 4시쯤 복면강도에게 칼로 위협받으며 부모님 방으로 끌려간 일이 있었다고 한다. 강도는 당시 40대 중반이던 박승 교수의 손을 뒤로

묶더니 어머니에게는 돈을 내놓으라고 했다.

그 순간 박승 교수는 "젊은이가 어쩌다 이렇게 왔는지 모르겠지만, 결혼했느냐?" 하고 물었다. 아들은 깜짝 놀라 '안돼요! 아버지' 라고 외치고 싶었다. 그러나 칼을 든 강도를 상대로 한 박승 교수의 '강의'는 멈추지 않았다.

"젊은이도 자식이 있다면 교육을 시켜야 하네. 자네처럼 되지는 말아야 할 것 아닌가."

아니 이 마당에 강도에게 훈계를 하다니, 이러다 혹여 흉한 일을 당하는 게 아닐까, 이런저런 생각에 아들의 가슴은 쿵쾅거리는데 아버지는 상의를 계속했다.

"나도 어려운 환경 속에서 자랐네. 자네가 이렇게 된 데에는 사회의 탓도 있어요. 하지만 자네 자식대에는 이런 일이 되풀이되지 않게 해야 하네."

어두운 방안에서도 그 강도가 당황하고 있는 게 보였다. 강도는 천천히 칼을 품안에 도로 넣더니 "미안합니다"라는 말을 남기고 사라졌다고 한다.

"그래도 돈은 다 가져가더군요, 하하."

— 어린 마음에 무척 인상 깊은 사건이었겠군요.

"그렇다마다요. 아버지가 위기상황에 흔들리지 않는 모습을 보여준 것이지요. 아버지에 대한 인상을 결정지은 중요한 사건이었어요. 지금 생각해봐도 정말 간단치 않은 상황이었는데……. 지금 아버지에게 한 말씀 드린다면, '아무리 교육이 중요하다고는 하지만 거기서도 교수의 버릇을 못 버리고 강의를 하십니까' 정도 아닐까요(웃음)."

— 박 전 총재가 서울대 입시를 치르러갈 때 고구마를 점심으로 싸갔다는 얘기는 유명한 일화인데.

"아버지는 원래 학비사정이 여의치 않아 해군사관학교를 지원해서 합격했다고 합니다. 그런데 할아버지와 한참 의논해서 서울대 상대로 갔어요. 말씀대로 시험 치는 날도 점심으로 고구마를 싸갔다고 하죠.

더 흥미로운 건 제 고모들의 얘깁니다. 그 시절 김제에 있었던 고모들은 '서울대생들은 모두 시험 때만 등교하면 되는 줄 알았다'고 해요. 아버지가 대학에 다니면서도 농번기에는 김제에서 농사일을 거들다가 시험 때만 학교로 가서 친구들의 노트를 빌려 공부했던 거죠.

그러다가 대학 후반기에 서울로 올라와 공부에 전념했더니 두각을 나타냈다고 합니다. 그때에도 실내가 아닌 남의 집 마루를 빌려 하숙을 했다니, 공부하기에 그다지 좋은 환경은 아니었겠죠."

— 대개 부모가 고생하며 성장했을 경우 '가난의 대물림'은 하지 않겠다고 나서는데요.

"아버지는 자신처럼 어렵게 공부하는 환경은 물려주지 않지만 그렇다고 부모에게서 물려받은 재산 때문에 사람들의 인생

출발선이 다르면 안 된다는 생각이 확고했어요. 그건 당신이 뼈저리게 느낀 일이니까요. 그래서 공부는 시켜주되 유산은 안 준다고 작심했던 겁니다."

— 어려운 사정을 체험시키는 일도 하셨나요?

"하긴 당신이 어렵게 살던 얘기만 한 게 아니라 자식들이 직접 실천해보게 했어요. 초등학교 때 자전거를 사달라고 하니까 비용의 반을 벌어오라고 하셔서 6개월 동안 아버지 구두를 닦았던 적도 있고요. 70년대 유행하던 트랜지스터 라디오도 그렇게 샀지요.

제가 중학교 2학년 때였는데, 어느 날 아버지가 신문배달을 하라고 합디다. 어머니가 강하게 반대하셔서 제대로 성사되지는 않았지만, 아버지의 생각이 어떤 것인지는 분명히 알 수 있었죠. 아버지는 저를 강하게 키우려고 하셨던 것 같아요."

_아버지의 인생학교, 식탁정담

박 전 총재는 애주가다. 그런데 평생 공직과 교수직을 오갔지만 외부에서보다 집에서 술 마시기를 좋아했다. 또 양주는 마다하고 소주만 고집했다. 자연스럽게 집에서 가족들과 함께하는 저녁식사에는 반주가 곁들여졌다. 박진이 어릴 적부터 익숙해진 '식탁정담'이 여기서 이뤄진다.

좋은 이야기를 듣는 것도 때가 있게 마련이고 적당해야 효과가 있다. 아무리 풍성한 이야깃거리를 가진 부모일지라도 같은 얘기를 반복하기가 다반사일 터다. 좋은 이야기도 자주 들으면 잔소리로 여겨지고, 그게 지나치면 반감을 사게 마련이다.

하지만 어린 박진은 "졸린 눈을 부비면서도 밤 10시가 넘게 아버지의 얘기를 들어야 하는 경우가 많았다"고 한다. 식사를 마치기가 무섭게 컴퓨터로 달려가거나, 제 볼일을 찾아가는 요즘 식탁풍경과는 사뭇 다르다. 식탁정담은 도저히 빠질 수 없는 아버지의 인생학교였던 셈이다.

— 어릴 적에 아버지들이 해주신 이야기란 게 대부분 어렵게 살던 얘기들 아닌가요?

"대부분은 그랬지요. 아버지도 본인의 성장과정, 어렵게 사는 사람들에 대한 얘기를 많이 했어요. 아마도 자식 세대가 당신 세대보다는 나은 환경에서 성장하고 있지만, 그로 인해 삶의 태도가 나약해지지 않을까 걱정이 많으셨던 것 같습니다."

— 요즘 아버지들은 자식들에게 옛이야기를 많이 하면 거부반응을 보일까 싶어 운동, 여행, 책과 같은 주제의 이야기를 해보려 많이 노력하잖아요. 아이들에게 눈높이를 맞춘다고 인터넷에서 연예인 얘기를 뒤진다는 부모도 있더군요.

"그 시절에 대부분의 가정이 다 그랬겠지만, 저는 초등학교 시절 아버지와 함께 주말에 놀러가본 기억이 거의 없어요. 나중에 제가 중학생이 되고 난 이후에는 그래도 자주 있었습니다. 바둑은 아버지와 자주 뒀어요. 아버지 바둑이 아마 4단 실력이시니까. 그런데 제 인격형성에 가장 많은 영향을 준 게 아버지의 식탁정담이었어요."

― 그래도 어린 시절 아버지는 가까이 대하기 멋쩍고 말을 건네기도 어려운 대상 아닌가요? 특히나 부자지간에는 그런 경향이 강한데.

"제가 중학교 저학년 때 사춘기였는데, 형이 없다는 게 무척 아쉬웠어요. 상남들은 대부분 그럴 겁니다. 고민이 있어도 아버지에게는 잘 꺼내놓지 못했죠. 학교 친구관계부터 미묘한 갈등들이 많았어요. 한번씩 그런 문제를 얘기하면 아버지는 주로 저의 부족을 지적하셨어요.

어찌 보면 아버지는 굉장히 제게 요구사항이 많았어요. '너는 많이 부족하다, 사람은 외유내강(外柔內剛) 해야 한다, 의지력이 강해야 한다, 늘 자각해야 하고 자립심이 강해야 한다' 는 등의 이야기를 많이 들었어요.

물론 반발심도 생겼죠. 제가 생각하기엔 '별로 모자란 것도 없는 것 같은데……' 하는 생각에 말이죠(웃음). 하지만 아버지에게 반항하기는 힘들었어요. 아버지는 그런 존재였어요. 아버지에게 대들었던 기억이 거의 없어요."

― 아버지와 토론이 쉽지 않았을 텐데.

"대학에 가서는 경제학을 전공했으니까 한국경제를 놓고 많이 토론했어요. 제가 83학번인데, 당시는 민주화, 사회변혁론을 놓고 고민할 때였잖아요. 외채문제나 종속이론도 운동권 서클에서 배울 때는 그럴듯했는데, 아버지와 토론할 때면 번번이 깨졌어요.

아버지와는 논쟁할 거리가 많았지요. 아버지에겐 교육 등 기회평등에 대한 신념이 있었지만, 자본주의나 시장경제에 대한 믿음이 있었죠. 그 시절에는 '언제나 아버지의 논리를 극복해보나' 그랬어요."

— 비판적인 사회의식이 싹트는 대학시절에 세대갈등을 많이 겪게 되지 않나요?

"아버지는 가정에서 다른 식구들의 의견을 잘 받아주는 아주 민주적인 분은 아니셨어요. 목표를 향해서 쭉 달려온 분이라서 그랬겠지요. 제가 어릴 때는 방목하듯이 놓아 키우셨는데, 오히려 커갈수록 큰 길에서 벗어나지 않나 싶어 걱정을 많이 하는 편이셨어요.

제가 대학 초반에 운동권 서클에 있었는데, 아버지에게 많이 혼났어요. 무슨 책을 읽었느냐를 먼저 물으셨어요. 제가 책 제목을 나열했더니, 아버지는 편향되고 불균형적인 책들이라면서 많이 나무라시더군요. 저는 몇 번 저항하다 결국 그 서클을 탈퇴해 다른 건전한(?) 학회모임으로 옮겼지요.

당시로선 아버지의 논리를 당할 수가 없더군요. 그러다 보니 운동권 서클에 있는 친구들과 토론할 때에는 저도 모르게 아버지에게서 배운 논리를 말하고 있는 저 자신을 발견하곤 했죠. 대학 때부터는 '경제학자' 아버지의 존재가 제게 많은 영향을 미쳤던 것 같습니다."

— 아버지와 같은 전공을 한 이유도 궁금한데.

"일종의 세뇌를 당한 것 같아요(웃음). 제가 중학교 1학년 때 쓴 글을 보니 경제학 교수가 꿈이라고 썼더군요. 그러니 사실 저는 꿈은 이룬 셈입니다. 아버지는 초등학교 시절부터 식탁 정담을 할 때마다 제게 경제교육을 했어요."

— 어린 아들에게 말인가요?

"네. 가령 아버지는 제게 '100원으로 아이스크림 사먹고 싶으냐, 아니면 저금을 하고 싶으냐'라고 물으셨어요. 제가 아이스크림을 사먹겠다고 했더니, 그 이유를 설명해보라는 겁니다. 그냥 먹고 싶으니까 그렇다는 제 설명을 들은 아버지는 '그건 네가 100원을 미래에 쓰는 즐거움보다 현재 아이스크림을 먹는 즐거움이 낫다고 판단했기 때문'이라고 말씀하시는 겁니다. 미래의 소비와 현재의 소비를 비교해 저축을 결정한다는 경제행위를 설명해준 거죠.

또 한번은 이런 얘기도 했어요. 덕수궁을 시민들이 자유롭게 공짜로 드나들 수 있도록 개방하는 게 바람직한지, 아닌지를 물었어요. 저는 공짜인 게 좋을 것 같다고 대답했더니, 아버지는 그게 아니라고 하셨어요. 덕수궁을 무료개방해서 공원으로 만들면 너무 많은 사람들이 왕래하는 나머지 정말 문화재를 관람하고 싶어하는 사람들은 진정한 의미의 관람을 하지 못한다는 것입니다. 가격은 지불할 의사가 있는 사람을 선별하는 과정으로서의 의미도 있다는 것이죠.

그 반대의 경우도 얘기하셨어요. 아버지가 '시내버스를 타는데 체중과 부피가 다른 사람들이 같은 값을 치르는 게 공정하다고 생각하느냐'고 물었어요. 저는 몸무게가 무거운 사람에게는 돈을 더 받아야 할 것 같은 생각이 들어 불공평하다고 대답했더니, 아버지는 '그렇게 생각할 수 있지만 지나친 공정성을 추구하다보면 비용이 더 들어갈 수 있다'고 가르쳐주셨어요. 덩치에 따라 버스비를 산정하려면 승객이 올라탈 때마다 몸무게를 재야 하고, 그러는 데 비용과 시간이 더 든다는 얘기죠.

그런 교육을 초등학교 때 이후 쭉 식탁정담에서 하셨어요. 고등학교 때는 우리나라의 외채문제 등 아주 거시적인 이슈까지도 꺼내놓으셨죠. 어릴 때부터 그런 경제교육을 받아서인지 대학입학 때에도 자연스럽게 경제학과를 선택했고, 다른 대안은 생각해보지도 않았어요."

— 그런 분위기라면 아버지에게 맞설 엄두를 내지 못했겠네요.

"그렇죠. 카리스마가 워낙 강한 편이고, 아버지의 권위를 인정하는 게 우리 가족의 분위기였으니까요. 실제 반항심이 생겠다손 쳐도 그걸 표현하진 못했을 겁니다. 그런데 지금 생각해보면 아버지가 저를 놓아기른 측면도 많았어요. 제 생활에 크게 간섭하지도 않았으니까요.

중학교 때였는데 어느 날 수학을 가르치는 과외선생님에게 '오늘부터 그만두겠습니다' 하고는 나와버렸어요. 부모님과는 상의도 없었지요. '엄청 혼나겠구나'라고 걱정하며 집에 와서 '이제 수학은 혼자 공부하겠다'고 했더니, 아버지는 '그렇게 해라' 하고는 대수롭지 않게 넘어가시는 거예요. 제 판단을 인정해주신 거죠.

중학교 때 소풍을 가면 저는 음악을 준비해 친구들과 춤추고 노는 것을 주도하곤 했어요. 한번은 담임선생님이 어머니에게 '진이가 요즘 안 좋은 친구를 사귀는 것 같다, 소풍 가서 춤을 추는 걸 보니 요즘 노는 것 같다'고 하셨나 봐요. 그런데 어머니가 '괜찮다, 우리 아이들 아버지가 집에서 술을 드시면 함께 춤을 춘다'고 하셨답니다. 아들을 믿어준 거죠.

실제로 아버지가 엄하시지만 흥이 많은 분이셨어요. 저녁에 술을 드시면 전축을 틀어놓고 어머니와 블루스나 지르박과 같은 사교춤을 추셨어요. 아이들도 나와 춤을 추라고 하셨고요. 춤에 대해선 조기교육을 하신 겁니다.

부모가 제게 신뢰를 주신 거죠. 삶의 방향에 대해선 이래라저래라 말씀하셨지만, 구체적인 행동에선 거의 구속하지 않았어요."

— 결혼도 그런 분위기에서 하셨습니까?

"네. 제 처는 주변분들의 소개로 만났는데 유학시절 1시간 30분 거리의 학교에 다니고 있었습니다. 미국에서 한 3개월 사귀고 나서 결혼하겠다고 하자 제 결정을 그대로 믿어주시더군요."

_아버지의 진짜 유산

박진 교수는 고등학교 1학년인 딸(예나)과, 중학교 2학년(주용)과 초등학교 1학년(우용)인 두 아들을 두고 있다. 그 아이들을 키우는 데도 박진은 '아버지의 유산' 덕을 톡톡히 보고 있다. 자립심을 키우는 것은 아버지를 그대로 이어받았다. 하지만 거기에다 '편하게 대할 수 있는' 아버지를 보태려고 노력한다고 한다. 아버지에게 물려받은 유산은 애초에 물질적 재산 보다 정신적 재산이었는지도 모른다.

— 아버지가 된 입장에서 자녀들을 대하는 태도에서 박 전 총재의 영향을 받은 것은 무엇인지요?

"가장 큰 유산은 제 아이들에게 정신을 물려준다는 것이겠지요. 특히 '스스로 알아서 하는 힘'을 키워주는 것이 중요하다는 점은 제가 배운 대로 하려고 합니다. 받지도 말고 주지도 말자는 원칙에 따라 재산상속을 하지 않는 것은 물론이겠고요 (웃음).

예를 들면 저희는 아이들에게 학업과 관련된 과외를 시키지 않습니다. 혼자 공부하는 방법, 문제를 해결하는 능력을 키우도록 도와주는 게 인생을 제대로 사는 데 더 바람직하다고 생각하기 때문이죠. 무엇을 어떻게 공부한다는 것만 일러주고 나머지는 각자가 알아서 하는 방식입니다."

— 무턱대고 방법을 모르는 아이들에게 혼자 해결하라고 할 수만은 없는 게 아닌지.

"저는 아이들에게 나름의 규칙을 만들어놓았어요. 아버지가 저를 방목시켰던 것에 비하면 저는 상대적으로 제 아이들에게 통제를 하고 있는 셈입니다.

아이들은 매일 밤 자기 전에 오늘 공부한 과목과 시간을 한 줄로 적어 식탁 위에 올려놓습니다. 그리고 매주 일요일에는 일주일치를 집계해 각자 공부한 것을 제게 간략하게 브리핑해야 합니다.

공부시간이 적다는 이유로는 절대로 꾸중하지는 않습니다. 단, 공부하지 않은 것을 했다고 거짓말을 했을 경우엔 바로 벌칙이 주어지죠."

— 어떤 벌칙을 주시나요(웃음)?

"집 밖으로 쫓아냅니다. 10~20분 정도 후 반성하면 돌아오는 것으로 되어 있습니다. 간혹 팔굽혀펴기도 시킵니다. 건강에도 도움이 되는 것 같더군요(웃음). 아이들의 잘못을 엄하게 꾸짖기 때문에 아이들이 저를 좀 무서워하는 경향이 있지요."

— 교육을 중시하는 점도 아버지에게서 배운 것이군요.

"같은 점도 있고 다른 점도 있지요. 저 역시 교육이 매우 중요하다고 생각하고 자식 학비는 잘 대주어야 하겠다는 생각을 하고 있습니다(웃음).

그러나 공부 외에도 행복하게 사는 방법이 많다고 생각합니다. 제가 얼마 전 고등학교 동창회에 가보니 학교 다닐 때 공부를 잘한 것으로 지금 먹고사는 사람은 별로 많지 않더라고요. 제 자식이 공부에 소질이 없고 잠재력도 없다면 저는 대학에 보내지 않고 고등학교를 졸업하자마자 장사를 시키겠습니다. 이것은 진심입니다. 단, 장사가 공부보다 더 어렵다는 것이 문제지요."

— 아이들의 자립심을 키우는 방법으로 특별히 실행하고 있는 게 있는지요?

"제게는 어렵게 산 성장과정이 없습니다. 그래서 가끔 아이들을 데리고 달동네에 가보기도 합니다. 하지만 요즘 아이들은 정말 달라진 경제환경에서 성장하는 탓인지 별로 감동을 느끼지는 않는 것 같더군요.

하지만 나중에라도 기억해줄 것으로 기대하고 있습니다. 그밖에 집에서 자기 방 치우기, 먹은 식기 개수대에 갖다놓기 등 사소한 일부터 지키도록 하지요."

— 아버지에게서 배웠지만 그대로 잘 안 되는 게 있을 것 같은데요.

"제 부모님은 저를 믿고 맡겨주시는 편이었는데 저는 그것이 잘 안 되더군요. 아이들 공부도 학원에 안 보낸다고는 하지만 제가 관여하고 있는 셈이지요. 아이들의 자율적 판단을 키워주는 일과 필요한 간섭을 하는 일의 구분이 때론 매우 어려운 것 같습니다."

— 아버지와는 다르게 자신의 생각대로 새롭게 적용하는 교육방침은?

"제 아버지는 아이들과 잘 놀아주는 다정다감한 분은 아니었습니다. 하지만 저는 아이들에게 엄하면서도 가까운 아버지가 되고 싶습니다.

그래서 일요일 오전에는 무조건 아이들과 어디든 갑니다. '일요일 오전은 가족과 함께'가 저희집 규칙입니다. 제가 아직 골프를 치지 않는 것도 이런 이유죠. 아내가 몸이 아프면 아이들 셋만 데리고 나가기도 합니다.

아이들에게 친구 같은 아버지도 지금은 필요하다고 생각하기 때문입니다. 그게 제 아버지 시대와 다른 것이기도 하지요. 주로 아이들과 같이 놀이기구도 타고, 운동하고, 영화도 보고, 보드게임도 하고, 할 일이야 많지요. 종종 자고 있는 아이들 머리맡에 쵸콜릿이나 장난감을 놓아주기도 합니다.

'친구 같은 아빠' 그리고 '어려운 아버지'를 구분해놓는 것인데, 고1인 딸도 아직은 아빠와 이야기를 많이 하는 편입니다. 다만 예전에는 같이하던 야구를 이제는 안 하려고 해서 좀 섭섭하지요."

_친구 같은 아빠, 그리고 어려운 아버지

— 한국사회의 교육적 혼란이나 사회문제들이 '아버지의 위기'에서 비롯됐다는 지적들이 많습니다.

"우리 사회가 아이들에게 물질적으로 투자를 많이 합니다. 그러면서도 아이들에게 도덕적, 사회적 가치를 심어주려는 노력은 부족하다고 생각해요.

가정에서 그 역할을 해야 할 주인공이 바로 아버지입니다. 아이들에게 사회구성원으로서의 시민의식, 가치, 책임감을 심어줘야 하거든요.

요즘 아버지는 아이들과 함께 어울리는 존재여야 한다고 친구 같은 아버지만 추구하는 경향이 많지요. 그게 아니면 밖으로만 나도는 '무관심한 아버지' 뿐입니다. 아이들과 적당한 거리에서 아버지 역할을 해야 한다고 봅니다. 어려워하면서도, 친구 같은 아버지. 그 두 아버지의 역할을 조화시켜야 하는 것이지요."

— 조화롭게 양립하기 힘든 게 아버지의 역할인 것 같군요.

아버지라는 이름의 아버지

"사실 저도 제대로 실천하지는 못하고 있습니다. 한편으로는 자식과 정서적 교감을 통해 온화한 마음을 가진 사회구성원으로 가꿔가야 합니다. 대부분의 우리 세대는 아버지에게 사랑받고 있다는 생각을 갖지 못하고 살았어요. 이제는 '사랑을 주는 아버지'를 느끼게 해줘야 합니다.

그러나 다른 한편으로는 자신이 삶에서 견지해야 할 가치를, 또한 이 사회가 추구해야 할 가치를 명확하게 심어줘야 합니다."

— 주로 어떤 가치를 심어주고 싶은지요?

"공익을 생각하는 가치를 심어주고 싶습니다. 우리는 대체로 '내 가족'을 넘어서는 관심과 사랑에는 인색합니다. 그러다 보니 공공재를 생산하는 데에 관심이 적지요. 수돗물보다는 생수, 공교육보다는 사교육 등 많은 문제를 사유재를 통해 해결하고 있으면서 공공재를 확충하기 위한 증세에는 반대하고 있지요.

공공질서를 잘 지키지 않는 것도 같은 맥락입니다. 장애인 주차공간에 주차하는 차, 앞차의 꼬리를 물고 교차로에서 멈춰서는 차 등 '나와 내 가족만 편하면 된다'는 생각이 빚어내는 현상이지요. 그러나 타인에 대한 배려, 질서에 대한 존중 없이 우리가 선진국이 될 수 없다고 봅니다.

공익을 생각하면서 살아나가는 의식을 부모가 집에서 심어줘야 합니다. 아버지는 제가 어릴 때부터 '나는 60이 국가이고, 40이 가족이다' 라는 말을 자주 하셨어요. 공익이 우선이지 사익을, 내 가족의 이해를 앞세우지 말라는 것이지요."

박진 교수에게 아버지 박승 전 총재는 자신의 삶을 형성하는 데 가장 많은 영향을 미친 인물이자 학자로서도 대선배였다. 아버지의 뿌리가 깊을수록 무성한 잎이 만들어낸 그늘도 넓었을 것이다.

— 아버지가 학자로서도 롤모델이었는지요?

"그렇지요. 아버지는 철저한 시장경제주의자입니다. 미국에서 트레이닝 받고 한국은행에서 오랫동안 근무했으니 당연히 그런 사상을 갖게 됐겠지요. 그러면서도 아버지는 성장과정 때문인지 '사회적 약자'에 대한 배려를 항상 강조했어요.

알게 모르게 영향을 많이 받았는지 저도 이런 점에서는 비슷한 생각을 가지고 있습니다. 한미 FTA 찬성, 규제완화, 재산보유세 강화, 수도권 인구분산 등 의견을 같이하는 점이 많더군요."

— 아버지가 재산을 사회에 환원하겠다고 하셨는데, 그동안 재산을 많이 모으셨던가요?

"아버지는 부동산투자는 하지 않았지만 주식투자는 많이 하셨던 것 같습니다. 무일푼에서 시작해 집안살림을 어느 정도 일으키셨지요. 아버지 재산은 대부분 주식이고, 부동산은 사시는 집하고 가족묘지로 쓰라고 알려주신 조그만 땅이 한 곳 있는 것으로 알고 있습니다.

가끔은 제게 '너는 재산증식에 너무 소홀한 것 아니냐. 자립심 교육을 시켰는데 왜 그러느냐' 면서 이재에 밝지 않다고 뭐라 하십니다. 저도 경제학자이고 노후에 대비해 나름대로 해보고는 있습니다만, 늘 성공적인 것은 아닌 것 같습니다(웃음)."

— 그래도 부동산 재테크플랜은 별로 성공한 것 같지 않은데요. 1967년 응암동에 처음 집을 마련했고, 1974년에 역촌동을 거쳐 1982년에는 갈현동 집으로 이사해서 지금까지 살고 계신데, 별로 집값이 오르지 않은 지역 아닌가요?

"아버지는 '토지공개념'이 강한 분입니다. 집을 사고팔아서 재산을 불리는 방식은 스스로 용납하지 못했겠죠. 그런데 설령 그렇게 해서 집값이 폭등한 곳에 재산을 마련해뒀다고 해봤자 지금 제게는 크게 도움이 되지 않았을 테니 제가 따져볼 마음도 없어요(웃음).

아버지가 한국은행 총재에서 물러난 뒤에 여러 강연을 통해 '유산이 없다'는 얘기를 다시 하시면서 세간의 주목을 받는데, 저는 어려서부터 그 말씀을 들어서 그런지 요즘은 재산기부 방식을 아버지와 상의하는 수준이 되었습니다(웃음)."

— 아무리 들어봐도 '대단한 아버지'에 대한 콤플렉스가 없지 않을 것 같은데요?

"어릴 적부터 다른 아이들처럼 저도 '아버지보다는 잘 돼야

113

대단한 아버지, 평범한 아버지

한다'는 얘기를 듣고 자랐어요. 혼란기를 살았던 우리네 부모들이 항상 그랬겠지요. 그때는 아버지를 따라잡는 게 그렇게 어려울 것이라고 생각하지 않았어요. 글쎄 이분이 이후에 더욱 출세를 하는 바람에 이제는 좀 어려워 보입니다(웃음).

돌이켜보면, 어릴 때 들었던 '아버지보다 나아야 한다'는 얘기가 아직도 해결되지 않은 압박이고 과제입니다. 어머니도 '내 남편은 남다른 사람이다'는 신뢰를 가지고 계셨지요. 그래도 제가 이만큼 성장하는 데 많은 자극제가 된 것도 사실인 것 같아요.

아버지의 그늘은 틀림없이 있습니다. 박승 전 한국은행 총재의 아들 박진으로 말입니다. 하지만 어린 시절부터 그런 아버지에게 인정받으려고 노력해온 것이 제게 큰 힘이 된 것 같습니다. 아버지의 그늘은 아직도 제 발전에 연료가 되고 있어요. 꼭 사회적 성공만이 아니라 삶을 사는 방식도 포함해서요."

카리스마 넘치는 아버지, 하지만 행동에선 너그러웠던 박승. 친구 같은 아버지와 어려운 아버지를 오가는 박진. 표현은 달랐지만 아들이 들려준 아버지에 대한 기억 대부분이 현재 아들의 삶으로 이어지고 있었다.

이들 부자가 주고받은 유전자는 분명히 그 기억 속에, 몸에 체득된 의식적 무의식적 행동 속에 오롯하게 드러나 있었다. 구분할 게 있다면, 달라진 환경에서 그 유전자가 발현되는 방식의 차이일 것이다.

　대단한 아버지를 둔 것에 대한 거부가 아니라 인정하기까지 박진 교수가 겪었을 성장통을 모두 헤아리진 못한다. 다만, 이미 아버지의 유전자를 정확히 꿰뚫고 있는 아들의 삶이 지닌 넉넉함이 아버지의 그늘보다 더 커 보였다.

대단한 아버지, 평범한 아버지

아버지가 아닌
아버지에 대한 기억

– 가수 한대수

......"얼굴도 모르는 아버지였어요.

오로지 사진으로만 기억되는 아버지였는데,

그런 양반이 사라졌으니......

하늘에 공군비행기가 지나가면 우리 아버지가 돌아오는 것 같은 상상을 하게 됐어요.

하지만 그 비행기가 지나간 뒤에도 아버지는 돌아오지 않았죠.

너무 그리웠어요. 아버지가......"...............

한대수

1948년 부산 출생. 아버지의 실종을 겪으며 방황하던 시절 작곡을 시작했고, 1968년 귀국 후 〈행복의 나라〉 등을 발표해 한국 포크록의 선구자라는 평가를 받았다. 이후 미국에서 광고사진 작가로 활동하다 1990년대 말 국내에서 재평가를 받아 왕성한 음악활동을 펴고 있다.

내가 근무하는 신문사 근처에는 술을 한산 걸치면 종종 서쳐 가는 술집이 한 곳 있다. 주인장이 빼어난 미인이어서도, 입 맛 당기는 안주가 있어서도 아니다. 그 이유는 딱 하나, '아무라도' 통기타를 칠 수 있기 때문이다.

그 집 앞에 가면 통기타 치는 걸 싫어했던 아버지가 떠올라서인지 남몰래 숨겨놓은 비밀 아지트를 찾은 기분이 든다. 자욱한 담배연기 속에 술과 노래의 흥에 취해 흐느적거리는, 은밀하고 금지된 행동을 해도 될 것 같은 자유의 공간이다.

사실 서울 도심에서 그런 공간을 찾기란 쉽지 않다. 그만큼 통기타로 상징됐던 낭만이 이 도시의 풍경에서 밀려난 지 오래됐다는 의미일 것이다.

언젠가 그 집에서 후배들과 한 곡조를 타다가 그렇게 변해버린 세월을 절감한 적이 있다. 통기타 줄을 맞춰놓고 문득

〈바람과 나〉라는 곡이 떠올라 키를 잡았다. 눈을 감고 허공에 몸을 날리듯이 한껏 감정을 잡고 있는데, 젊은 후배가 "아! 김광석, 으으 내 청춘을 휩쓸어버린 사람!" 한다. 일순 음을 놓칠 뻔했지만, 끝까지 완주했다.

"끝, 끝없는 바람 / 저 험한 산 위로 나뭇잎 사이 불어가는 / 아, 자유의 바람 / 저 언덕 위로 물결같이 춤추는 님 / 무명 무실 무감한 님 / 나도 님과 같은 인생을 지녀볼래 지녀볼 래……."

노래가 끝나자 그 후배는 탄성을 지르며 박수를 쳤다. 어쭙 잖은 노래를 들어주니 고맙기는 한 일인데, 궁금한 나머지 후 배에게 따지듯이 물었다.

"이 노래가 김광석의 노래냐?"

"예, 김광석이 불렀죠."

"그 친구가 다시 부른 거지. 원작자는 한대수야."

"한대수요?"

"몰라?"

"알고 있기야 하죠. 그런데 그 양반이 부르는 〈바람과 나〉를 들어본 적이 없어서……."

그때서야 그 후배와 적지 않은 시간차가 있다는 사실을 까 마득히 잊고 있는 나를 발견했다. 난들 같은 또래였던 김광석 을 왜 모르겠는가. 마냥 거리에서 흐린 가을하늘에 편지를 써 서 보내다가 정말 서른 즈음에 먼저 가버린 친구가 아닌가. 그

아버지라는 이름의 아버지

의 노래에 위로를 받았던 세대는 아마도 90년대 학번들일 것이다. 〈바람과 나〉도 원작자가 활동하지 않던 시절에 김광석의 목소리로 젊은 가슴들을 어루만졌을 터다.

그네들이 그 노래를 김광석 버전으로 기억하고 있는 게 당연했다. 그런데도 무슨 심사가 뒤틀려 어린 후배에게 "한대수가 만든 거야!"라고 확인을 받아두려 했던 것일까. 세월의 매듭이 달라지고, 이제는 공감을 사지 못하는 내 젊은 날에 대한 억울함 때문은 아니었을까.

_사는 것도 제기랄

한대수, 그는 필시 한 시대를 상징하는 이름이다. 적어도 '7080세대'들에게는 그럴 것이다. 한대수가 미국으로 떠난 뒤인 1980년대 초반에 대학을 다닌 나는 〈바람과 나〉라는 노래를 '운동권 노래집'에서 처음 봤다. '노래 김민기, 작곡 한대수'였다.

'장막을 걷어라, 너의 좁은 눈으로, 이 세상을 떠보자' 하던 귀에 익은 〈행복의 나라〉도 그랬다. 노래 양희은, 작곡 한대수.

노래를 부른 이는 알겠는데, 한대수라는 작곡자에 대해선 '전설'만 떠돌았다. 뉴욕 출신의 '한국 최초의 히피'라는 둥, 자유주의자일 뿐 혁명가는 아니라는 둥 일탈의 호기심을 자극하는 얘기들이었다.

그의 대표작품들은 이미 금지곡이 된 지 꽤 지났고, 작곡자
도 '망명생활'을 하던 때여서 정식음반을 찾기가 쉽지 않았다.
그러다 가난한 대학생들에게는 최고급 백화점이었던 청계천
중고가게에서 우연히 한대수의 1집 음반 〈멀고 먼-길〉(1974
년)을 구할 수 있었다.

대중가요 앨범이라면 으레 갖은 멋을 낸 가수얼굴이 등장하
는데, 그 음반엔 기괴한 표정으로 정면을 응시하는 한대수의
얼굴이 한가득 클로즈업돼 있었다. 목소리도 여느 가수들과는
달랐다. '야(野)스런' 소리였다. 경상도 사투리 억양을 가리지
않은 거칠고 날것 같은 음색, 곱디고운 것과는 전혀 상관없는
쇳줄 소리였다.

하지만 가슴을 후벼파는 게 있었다. 잡힐 듯하면서도 잡히
지 않는 뭔가를 갈망하고 호소하고 있었다. 그 목소리만으로
한대수라는 이름은 중심을 잃고 흔들리던 대학생활에서 잠
시 나를 위로해준 몇 안 되는 은인(恩人) 중의 한 사람이 돼버
렸다.

그런 젊은 날이 가면서 한대수도, 〈바람과 나〉도 가끔씩 추
억하는 사소한 옛이야이가 되고 마는 듯했다. 그런데 십수 년
이 지난 어느 날, 신문사 북리뷰 팀장이 "이거나 한번 읽어보
라"며 불쑥 책 한 권을 내게 건네주었다. 한대수의 자서전《사
는 것도 제기랄, 죽는 것도 제기랄》이었다. 그 선배는 내가 기

아버지(왼쪽)의 새로운 가족과 함께한 한대수

1992년 옥사나와의 결혼식 모습

부인 옥사나와 갓 태어났을 때의 딸 양호

타 꽤나 한다는 얘기를 들었는지 "너무 빠지진 말라"는 주문까지 달아 리뷰기사를 지시했다.

'정말 제기랄이네. 이렇게 다시 만나는 건가. 하고많은 인간들 중에 왜 하필 한대수람.' 누구에게나 우울한 시절의 기억과 함께 떠올려지는 이름이 반가울 리 만무하다. 그 인생까지 새롭게 확인해야 한다면, 그건 고문이다. 서평하기가 정말 내키지 않았다.

그렇게 불편한 마음으로 그날 책을 들었는데, 희한하게도 그 밤 사이 나는 그 책을 손에서 놓지 못했다. 다음날 '푹 빠져 있는' 서평을 썼다.

미국 뉴욕 32번가에서 그는 우연히 옛 아내를 만났다. 결혼생활 17년 동안 그에게는 누이요, 어머니요, 친구였던 명신. 몇 마디 어색한 인사를 나누고 헤어졌다. 집에 돌아와 지금의 아내 옥사나(몽골계 러시아인)에게 그 얘기를 전했다. 그녀는 대뜸 그를 나무랐다.

"우리집에 한번 오라고 청하지 그랬어요. 나랑 좋은 친구가 될 텐데."

이미 인생의 온갖 쓴맛을 경험한 그들이다. 어떠한 일도 받아들일 준비가 되어 있었다. 그래서 서로 실패한 사랑을 다독이면서, 인생의 한때를 함께할 수 있게 됐다. 과거와 현재의 아내가 절친한 친구처럼 조잘대는 모습을 보며 그는 한없이 즐거워했다. 그로선 관습이니, 전통이니 하는 것들이 단순히 오랫동안 그래왔다는 이유로 사라지지 않는 게 믿겨지지 않는다. 그가 혼잣말로 중얼거린다.

"인생아, 또 한번 나를 갖고 노는군."

이 짧은 시놉시스가 작곡가 한대수의 '현재' 다. 옛 아내, 지금의 아내, 그리고 그가 함께 '정신적으로' 한 지붕을 이고 사는 풍경. 그가 32년 전 장발에 긴 부츠를 신고 〈물 좀 주소〉라며 자유에 대한 갈증을 토해냈던, 최초의 '한국 히피'이자 '한국 포크록의 선구자'임에는 분명하다.

세월은 변화시키는 힘을 지녔다. 그는 지금 '사랑과 평화'에 안착해 있다. 오노 요코에게서 구원을 얻었다던 존 레논과 동일시하면서, 그 변화의 간극을 그는 회고록으로 메우려 한다. 최근 펴낸 《한대수—사는 것도 제기랄, 죽는 것도 제기랄》에는 그런 무게가 얹어져 있다.

—2000년 7월

그때 서평에선 옛 아내, 지금의 아내가 한 집에서 사는 풍경을 '한대수다운 것'의 대표적인 에피소드로 뽑았지만, 실제 더욱 그다운 것은 '아버지의 실종'에서 비롯된 극적인 삶 그 자체였다. 드라마 같은 삶이란 딱 그에게 어울리는 표현이다.

1948년 서울대 공대에 재학 중이었던 그의 아버지는 한대수가 태어난 지 100일도 안 됐을 때 핵물리학자의 꿈을 안고 미국 유학을 떠난다. 그러나 다섯 살 때 아버지가 실종됐다는 소식이 전해지고 어머니도 새 인생을 찾아가면서 한대수는 할아버지와 할머니 밑에서 성장한다.

이어 열 살 때 교회선교를 맡은 할아버지를 따라 미국으로 이주, 3년간 뉴욕에서 살다가 돌아와 부산에서 경남중·고등학교를 다녔다.

열일곱 살 때는 실종되었던 아버지가 나타났고, 다시 미국 뉴욕으로 찾아가 함께 살게 된다. 하지만 완전히 다른 사람이 돼버린 아버지, 미국인 새어머니, 학교에 적응하지 못해 방황하게 되고, 고교 때 익혔던 기타로 작곡을 시작했다.

고교 졸업 후 할아버지의 권유로 뉴햄프셔 주립대학 수의학과에 진학했으나 중퇴해 뉴욕에서 혼자 살며 뉴욕 사진학교를 다녔다.

1960년대 후반 반체제 문화운동의 세례를 받은 한대수는 1968년 귀국해 싱어송라이터로 첫번째 음악인생을 시작했다. 번안가요가 풍미하던 시절에 독특한 창작곡으로 '한국 모던포크의 개척자'라는 평가를 받았다.

긴 머리에 가죽부츠를 신은 그의 파격적인 모습도 센세이션을 일으켜 언론들은 '한국 최초 히피의 등장'이라고 흥분했었다. 그러나 곧 역풍이 불어 방송출연 금지에다 공식 음악활동까지 접어야 했다. 군복무를 마친 뒤인 1974년에야 어렵게 1집 앨범을 낼 수 있었다.

잠시 영자신문사에서 직장생활을 하기도 했지만 권력기간의 감시를 견디지 못해 1975년 스물일곱 살에 아내와 함께 미국으로 건너가 뉴욕에서 광고·건축사진 작가로 활동한다.

그러다 1997년 일본 후쿠오카 록페스티벌에 참가한 이후 국내에서 재평가를 받으며 본격적인 제2의 음악인생을 펼치고 있다.

이렇듯 연대기만 훑어도 파란의 인생인데, 그 이면을 헤집어보면 아버지에 절망한 상처를 음악으로 치유해온 삶이다. 그에게 음악은 삼각파도가 몰아치는 인생에 저항할 수 있는 유일한 무기였다.

그래서 그는 자신의 감성이 시대와 불화를 겪어도 행진을 멈추지 않았고, 좌절하면서도 죽음을 생각하지 않았다. 뉴욕이라는 도시가 선물로 순 아방가르드(avant-garde)의 성신을 체득했지만 그는 언제나 삶의 부정보다는 긍정을 노래했다. 초췌한 얼굴의 패장이 아니라 진군나팔을 불어제치는 승장, 인종차별의 수모를 승화시킨 코즈모폴리턴(cosmoplitan), 세상이 강요하는 관습과 인식에 굴하지 않는 자유로운 영혼, 그게 한대수였다. 그답게 산다는 것은 적어도 그런 시놉시스에서 벗어나지 않는 것이다.

그랬던 그가 또 한번 대중들을 놀라게 했다. 2007년 6월 환갑의 나이에 첫딸을 얻은 것이다. 내 판단으론 도무지 한대수다운 일이 아니었다. 뭔가 대단한 일이 또 벌어졌든가, 아니면 정신을 놓았거나 둘 중 하나였다. 그를 찾아가 물어볼 수밖에 없었다.

_자식, 행복한 구속

한대수는 서울 신촌의 한 오피스텔에 산다. 음악을 하려면 조용한 외곽이 낫지 않느냐고 해도 "활기가 느껴지는 다운타운이 좋다"고 한다. 인생의 절반을 넘게 살아온 뉴욕의 유산이다.

그는 누가 안부를 물어도 "양호합니다", 기분이 좋아도 "양호합니다", 일이 잘돼도 "양호합니다"라고 한다. 좋다는 표현은 모두 '양호합니다'라는 말 한 가지다. 그러다 환갑의 나이에 손녀 같은 딸을 얻자 그 이름까지 '양호'라고 지었다.

"우리 양호 최고다. 양호, 양호."

두 번째 아내인 옥사나 알페로바는 몽골인의 피가 흐르는 러시안이다. 한대수와는 스물두 살이나 아래인데, 뉴욕에서 만나 결혼했다. 1997년 일본 후쿠오카 록페스티벌을 계기로 서울 나들이가 잦아졌고, 음반활동에다 공연까지 빈번해지면서 "태평양에다 돈을 버리지 말자"며 2005년 완전히 서울로 살림을 옮겼다.

한대수는 딸을 얻은 이후 저녁이면 대부분 집으로 향한다. 꼭 만나야 할 사람들도 급한 일이 아닐 경우엔 "집으로 오라"고 한다. 그의 집은 도심 오피스텔이라서 썩 넓지 않다. 하지만 누구도 개의치 않는다. 그것도 뉴욕풍이다. 집 근처에서 맥주를 몇 병을 사는 것도 잊지 않는다. 식탁에 앉아 맥주 한잔으로 하루의 피로를 푼다. 보행기에 앉아 있는 딸을 보고 '양호, 양호' 하면서.

— 옥사나와 결혼한 지 15년 만에 아이를 낳았다는데요.

"예정에 없던 아이예요. 뉴욕에선 두 사람이 서로 일에 쫓겨 집에 들어와도 지쳐서 맥주 한잔 마시고 뻗기가 일쑤였어요. 주말에는 보드카를 마시고. 서로 아이를 갖겠다는 생각을 하지도 않았지만 정신적으로도 여유가 없었죠.

그런데 서울에 온 뒤로는 점심 저녁을 함께하고, 서로 손잡고 산책을 하게 되고, 커피를 마실 수 있게 됐어요. 뉴욕에서는 전혀 못했던 일들입니다.

어느 날 다른 일 때문에 병원에 갔다가 검사를 해보니 임신했다는 사실을 알게 됐어요. 너무 놀랐죠. 스트레스가 없다 보니 아이가 생긴 것 같아요."

— 첫 아내와도 일부러 아이를 갖지 않았다던데, 혹시 부모의 영향 때문은 아니었는지요?

"첫 아내는 당시 홍익대 미대 서양회화과에 다녔어요. 생각이 자유로울 뿐만 아니라 패션도 상당했죠. 아내는 그런 삶을 사는 데 더 의미를 두었는지 아이를 원하지 않았어요. 나 역시 그랬죠. 최근까지도 그랬어요. '굴곡 많고 피곤한 삶을 살았는데 자식까지 돼서 어쩌란 말이냐.' 그렇게 생각했어요. 나로서 모든 게 끝나기를 바랐어요.

내가 처음 뉴욕에서 서울에 왔을 때는 여권도 없던 시절이었어요. 보릿고개가 남아 있고 겨우 입에 풀칠하던 시절이어서 뉴요커인 내가 부러움의 대상이었어요. 하지만 나는 사는 게 피곤했어요."

— 아이 낳은 후 무엇이 달라졌나요?

"완전히 '나'는 사라져버렸어요(웃음). 양호가 나의 에고(ego)가 됐죠. 그건 옥사나도 마찬가지예요. 두 사람의 정체성이 아이 중심으로 옮아갔어요. 우리의 다음세대니까. 자식에게는 물질적인 것, 정신적인 것 모두를 물려주는 것이니까 말이지요."

— 아버지로서 자식에게 무언가를 쏟아부어야겠다는 생각이 새롭게 든 것인가요?

아버지라는 이름의 아버지

"정신적으로는 아이에게 주고픈 것들이 생겼어요. 사리가 분명해야 한다는 것, 인간관계를 중시하고 항상 감사해야 한다는 것입니다. 그런 건 자신이 있는데, 쇳가루(돈)는 영 자신이 없어요(웃음). 그래서 내가 디스크자키도 하고 있잖아요."(그는 현재 영어케이블 방송에서 음악 프로그램을 맡아 진행하고 있다.)

— 자식이 거꾸로 아버지의 선생이 된 것 같군요.

"양호를 얻은 뒤에 또 한 가지 달라진 것은 건강입니다. 그전에는 건강에 대해 별로 심각하게 생각하지 않았어요. 하지만 내가 건강해야 양호가 대학교에 갈 때까지 지켜볼 수 있겠구나 싶더군요. 조금 더 욕심을 내면 결혼까지도(웃음). 오래 살 생각은 전혀 없었는데……. 그것도 달라진 거죠."

— 그런 의미에선 당초 예정했던 삶에 자식이 방해가 된 것 아닌가요?

"꼭 그렇게 볼 것만은 아니더라고요. 양호는 행복한 구속, 긍정적인 구속입니다. 내게는 아버지는 물론 어머니에 대한 불만이 많았어요. 왜 아버지가 그런 삶을 살아야 했는지, 왜 어머니가 나를 두고 재혼했는지를 이해하지 못했어요. 그런데 아이를 가지면서 '내가 자식에게 그런 마음을 남겨둬선 안 되겠구나' 하는 생각을 했어요. 나는 그러지 말아야 한다고 말이죠. 그건 긍정적인 구속 아닌가요?"

— 아직도 아버지, 어머니를 부모로 인정하지 않는 겁니까?

"내가 인정하고 말고는 중요하지 않아요. 느껴지느냐는 거죠. 난 지금도 자식의 기저귀를 갈아주지 않은 사람은 부모가 아니라고 생각해요. 어린 시절 정을 느끼게 해주지 못하면 아이가 부모를 느끼기 힘들다는 얘깁니다. 아이는 자의식이 채 형성되기 이전에 기저귀를 갈아주는 시간, 조용한 침묵 속에서도 부모의 정을 느낍니다. 아이가 말을 못해도 부모가 자기 기저귀를 갈아줬다는 것을 알아요. 낳아주기만 해선 부모가 아니죠. 서로 공유할 수 있는 정서가 있어야 해요."

— 음악을 하는 데도 양호가 많은 영향을 미쳤나요?

"정말 많은 영향을 미쳤지요. 작곡을 하나도 못하게 합니다 (웃음). 그래도 괜찮아요. 그건 행복하다는 의미이지 않습니까."

— 삶이 고통스러워야 작곡이 된다는 뜻인가요?

아버지가 아닌 아버지에 대한 기억

"고통 없는 작곡은 있을 수 없어요. 즐거운 노래야 물론 할 수 있겠죠. 하지만 정말 작품이랄 수 있는 곡을 만드는 진정한 작곡은 더이상 안 돼요."

— 계속 행복하면 대작(大作)은 더이상 나오지 않을 거라는 얘기인데.

"사랑을 나누기도 바쁜데 무슨 작곡이 나오겠어요(웃음)."

— 그 말은 나머지 인생을 기꺼이 양호를 위해 바치겠다는 의미인 것 같군요.

"물론입니다. 양호는 하늘이 내게 준 선물입니다. 한국 이름은 양호인데, 미국 이름은 미쉘(Michelle)입니다. 프랑스말로 하늘의 선물이란 뜻이죠."

아버지라는 이름의 아버지

자식은 부모의 인생을 바꿔놓는 위대한 힘을 지녔다. 양호는 아버지 한대수의 인생관을 송두리째 흔들고 있었다. 그것은 단순히 예정에 없었던 자식이 생겼다는 의미를 넘어선 것들이다. 자신의 삶을 이어갈 인격체, 유의미한 삶을 정리하는 최후의 보루(堡壘)가 생겼다는 뜻이다. 그래서 아방가르드를 표방해온 아버지가 자신의 유전자를 물려받을 딸에게 집착하기 시작한 것인지도 모른다.

그에게 "좋은 아버지란?" 하고 묻자, 옥사나 쪽으로 고개를 돌렸다. 아내의 생각을 듣고 싶었던 모양이다. 옥사나는 "아버지가 되기는 쉽지만 좋은 아버지가 되기는 쉽지 않다"고 했다.

"가장 중요한 것은 아이들과 함께 있는 것, 질적으로 유용한 시간을 많이 갖는 것"이란다.

'자유인' 한대수가 요즘 저녁만 되면 꼼짝없이 집으로 향하는 '바른생활 아빠'가 된 사연을 알 만했다. 옥사나는 한 가지를 덧붙였다.

"나도 아버지 없이 자랐어요. 우리 부부는 모두 부모 없이 자란 고아나 다름없어요. 서로의 아이만 있어요. 그래서 통한 것인지도 몰라요. 아버지가 누군지는 알지만 함께 살 수 없었어요. 우리의 삶과는 전혀 관계가 없었죠. 내게 그 사람의 피가 흐르니까 내 아버지다? 그건 아닌 것 같아요."

_아버지 아닌 아버지

'자식을 낳았다고 모두 부모인 것은 아니다.' 한대수와 옥사나는 여기에 생각이 같았다. 자식을 낳았지만 기저귀를 갈아주지 않은 사람은 '아버지 아닌 아버지'인 셈이다. 한대수의 아버지 한창석(1927년~)을 두고 하는 말이다.

그의 집안은 한국사학의 초창기 역사에 등장한다. 할아버지 한영교는 연희전문학교(연세대학교의 전신)의 창설자인 호레이스 언더우드 박사의 추천으로 1930년대 미국 프린스턴으로 유학길에 올라 신학박사 학위를 받았고, 귀국 후인 1940년 연희 전문 신학대학 초대학장과 대학원장을 지낸 인물이다. 그는 2차대전에서 일본제국이 원자폭탄에 무너지는 것을 보고 아들을 핵물리학자를 만들려고 했다. 서울대 공대생이었던 아버지 한창석이 미국 코넬대학으로 유학을 떠나게 된 사연은 그렇게 시작됐다.

— 어릴 적 아버지에 대한 기억은 전혀 없나요?

"내가 태어난 지 100일 됐을 때 아버지가 유학을 떠났다고 합니다. 해방 후 혼란이 채 정리되지 않았던 1948년에 말이죠. 당시 대한민국에서 몇 명이나 미국유학을 갔겠어요? 미국으로 가는 비행기편도 없어서 배를 타고 갔다고 합니다. 부산, 요코하마, 도쿄, 괌, 하와이, 뉴욕까지 3개월이나 걸렸다고 해요.

당신은 그렇게 꿈에 부풀어 어렵게 유학길에 올랐지만, 자식에게는 아버지에 대한 기억을 남겨놓지 않았어요. 항상 내게는 아버지에 대한 기억 대신 그리움만 있었지요."

— 아버지가 실종된 이유가 무엇인지는 아직도 모르나요?

"다섯 살 때 아버지가 실종됐다는 소식이 전해졌어요. 할아버지를 비롯해 온 가족이 백방으로 아버지의 행방을 찾으려고 뛰었어요. 할아버지가 미국 코넬대 총장에게 연락하고 지인들을 통해 수소문을 했는데, 아는 사람이 없었어요. 완벽한 실종이었어요.

나중에 커서 아버지가 핵연구 분야에 있었으니 모종의 극비 프로그램에 참여했던 게 아닌가 생각하기는 했지만, 그것도 막연한 추측일 뿐이죠. 본인도 아직까지 입을 닫고 있으니……."

　— 그 정도 나이였으면, 아버지가 행방불명됐다는 게 어떤 의미인지 어렴풋하게나마 알았을 것 같은데요.

　"얼굴도 모르는 아버지였어요. 오로지 사진으로만 기억되는 아버지였는데, 그런 양반이 사라졌으니……. 하늘에 공군비행기가 지나가면 우리 아버지가 돌아오는 것 같은 상상을 하게 됐어요. 하지만 그 비행기가 지나간 뒤에도 아버지는 돌아오지 않았죠. 너무 그리웠어요, 아버지가……."

　— 아버지 없는 설움, 뭐 그런 게 있었나요?

　"학교에 가면 친구들이 놀렸어요. 짓궂게 구는 친구들에게는 내가 놀림감이었죠. 아버지가 실종된 뒤 얼마 지나지 않아 내가 7살 때 어머니도 새 인생을 출발했어요. 모두 나를 떠난 셈이었죠."

　— 부모가 원망스러웠을 것 같은데.

　"그런 미움도 미처 깨닫지 못했어요. 문득문득 그런 감정이야 왜 없었겠어요. 하지만 내게는 부모역할을 더없이 잘해주는 할아버지, 할머니가 있었어요. 너무 잘 키워주셨죠. 그분들은 늘 '아버지 없다고 서러워하지 말'고 하셨어요.

　6·25동란 이후 그 못살던 시절에다 격변기였는데, 할아버

지는 어느 정도 사회적 지위에 오른 분이셨어요. 어쩌면 부모와 함께 있는 것과 비교해도 전혀 모자람이 없는 성장환경을 만들어주셨어요."

— 성장하면서 부모와 자신과의 관계를 생각하고, 거기서 자아가 형성되는데요.

"내가 10대 중반쯤부터 아버지에 대한 미움이 생겨난 것 같아요. 혼자서 고민해봤는데, '도무지 이 사람들은 말이 안 된다'는 생각이 들더군요. '정말 책임감이 없구나. 아버지는 실종돼서 그렇다 치고, 어머니까지 너무 일찍 결혼했다고 해서 남편이 실종되니까 새 길 찾는다?' 그런 증오심이 생겼어요. 다행스런 것은 할아버지 덕분에 10살 때 미국으로 가고 나름의 문화적 충격요법으로 그런 고민을 잠시 뒤로 밀쳐둘 수 있었다는 것입니다."

아
버
지
라
는
이
름
의
아
버
지

한대수는 1958년 할아버지를 따라 처음 미국땅을 밟았다. 할아버지는 미국에서 신학수업을 받았지만, 세계 교회운동의 본부인 Ecumenical Mission and Relations의 초청을 받아 교세가 위축된 미국 선교활동에 나서게 됐다. 선교사가 미국에 역수입된 첫 사례였다.

어린 한대수는 뉴욕 맨해튼의 업타운 지역에 살며 초등학교를 다녔다. 당시 그 집에는 '애국가'를 작곡한 안익태 선생도 드나들곤 했다.

하지만 아버지의 행방은 여전히 오리무중이었다. 할아버지는 선교임무를 마치고 3년 만에 부산으로 돌아왔고, 한대수는 거기서 경남중·고등학교를 다녔다.

마침내 17세 때인 1965년 어느 날 '운명의 날'이 왔다. 할머니가 집에 돌아온 손자에게 "FBI가 네 아버지를 찾았단다"라며 기쁨의 눈물을 흘렸다.

— 아버지를 찾았다는 소식에 기대가 컸겠군요.

"아버지는 할머니와 무척 가까웠다고 해요. 할아버지가 홀로 미국유학을 가신 동안 할머니가 장남에게 많이 의지하며 살았다고 합니다. 그런 아들을 찾았다고 하니 할머니가 얼마나 기뻐했겠어요. 할머니는 뒤도 돌아보지 않으시고 '우린 미국에 간다'고 하셨어요. 온 가족이 비행기를 타고 미국 뉴욕으로 아버지를 찾아갔죠."

— 그 비행기 안에서 17년 만에 만나게 될 아버지를 그려보았나요?

"죽었던 아버지에 대한 환상이 되살아났어요. 아버지가 마치 나를 구해주기 위해 날아온 슈퍼맨이라고 생각한 겁니다. 아버지를 만나면 다른 친구들이 자랑하는 아버지보다 100배는 더 좋은 아버지가 될 것 같았어요. 그렇게 하고 싶었던 야구도 함께하고, 영화도 같이 보러가고, 낚시도 함께 가고……. 그런데 그 꿈이 아버지를 만나는 순간 모두 다 깨졌

아버지가 아닌 아버지에 대한 기억

어요. 모두 다…….”

— 실제로 만나본 아버지의 모습이 어떠했길래.

“상상했던 아버지가 아니었어요. 우선 한국말을 하지 못했
어요. 영어로만 말하는 분이었어요. 무슨 변이과정이 있었는
지 모르지만 완전히 변종된 아버지만 있었어요. 한국사람이라
고는 볼 수 없는 낯선 사람이 거기에 있었죠. 행동이나 제스
처, 걷는 모습까지 내가 생각했던 아버지가 아니었어요. 커뮤
니케이션이 전혀 안 됐으니 그 실망감과 당혹스러움을 어떻게
말로 다 설명할 수 있겠어요.”

— 그 아버지와 함께 살기로 한 것은…….

“할아버지가 제게 아버지와 함께 지내라고 하신 거예요. 그
분 입장에선 이제 아버지를 찾았으니 부자가 함께 있어야 정
상이라고 생각하신 것 같아요.”

한대수는 뉴욕 롱아일랜드에 있는 아버지 집으로 갔다. 부
자 동네에 있는 꽤 큰 저택이었다. 아버지는 이미 미국인 새어
머니와 결혼했고, 그녀가 전 남편과의 사이에 낳은 9명의 자
식을 모두 데려와 키우고 있었다.

12명의 가족 중에 한대수만이 한국어를 할 수 있었다. 생김
새로 따지면 아버지와 한대수가 같은 인종인데, 행동이나 사
고를 보면 한대수만이 유일한 ‘별종’이었다.

아버지는 맨해튼에 사무실을 두고 꽤 큰 인쇄업체를 운영하

고 있었다. 어떻게 그런 사업체를 갖게 됐는지도 알지 못했다.

— 아버지와 새롭게 이야기를 엮어갈 수 있었을 텐데요.

"아버지는 정신이 하나도 없어 보였어요. 한국인 아들을 데려올 아무런 준비도 안된 상태였던 거죠. 나 역시 전혀 상상하지 못한 환경에 내던져졌고요.

아버지는 맨해튼 사무실로 출근했다가 밤 11시, 12시에나 집에 들어오셨어요. 전형적으로 일에만 미쳐사는 비즈니스맨이 돼 있었어요. 새어머니도 갑자기 내가 아들이라며 나타나니 얼마나 놀랐겠어요. 그분도 혼돈상태였어요."

— 아버지가 자신의 과거를 아들에게 전혀 설명하지 않던가요?

"전혀요. 도대체 무슨 일이 있었는지 모르지만, 자신의 과거 기억을 스스로 잠가버린 것 같았어요. 자신의 과거를 이야기하는 게 너무 괴로운, 뭐 그런 상태가 아니었던가 싶어요. 의도적인 '기억상실'이었겠지요. 그러지 않으면 현재를 살아갈 수 없는 상태, 그 정도였던 것 같아요. 살기 위해서 과거 존재를 부정해야만 했던 일을 겪은 거죠. 이름도 '한창석'에서 '하워드 한'으로 바꾸고. 몸은 하나였지만, 두 개의 인생, 두 개의 자아가 살아가고 있었던 거죠."

— 아버지에 대한 환상이 사라졌는데…….

"화가 나서 한때는 아버지를 죽이고 싶었어요. 아버지를 앞에 두고 주먹으로 때리고 싶을 때도 있었죠. 너무 실망이 컸으니까요. 아버지에게 욕설도 퍼부은 적이 있어요. 'Asshole!' 하고 말이죠. 새어머니가 듣고 있다가 '네가 어떻게 그럴 수 있느냐'고 하시더군요. 그런데 그것도 한번뿐이었어요.

아버지와는 특별한 에피소드가 없었어요. 별로 같이한 게 없으니 그럴 수밖에 없었죠. 아버지와 식사하는 것도 일주일에 한번 할까 말까였어요. 지난날에 대한 설명도 없었고. 왠지 아버지가 나를 피하는 것 같기도 하고……. 원망 가득한 아들의 얼굴을 보면 지난날을 설명해야 하니까 그러지 않았겠나 싶어요."

— 학교생활도 적응하기가 어려웠겠군요.

"이것 보세요. (그는 1966년 롱아일랜드 A.G.버너 고등학교의 졸업앨범을 꺼내 보여주었다.) 완전히 백인학교였어요. 흑인도 없고, 아시안은 나와 중국인 한 명밖에 없었죠. 다행히 따돌림은 없었어요. 내가 신기해서 그런지 서로들 자기 서클에 들어오라고 난리였어요."

— 그래도 시간이 지나면서 가족들과의 관계가 조금씩 나아지지 않았는지.

"아버지부터 새어머니, 새로 생긴 형제들, 학교, 거기서 수많은 갈등들이 일어났지만 그리운 아버지는 일요일에 한번 보는 게 전부였어요. 할아버지, 할머니도 미국에 살고 있었기 때문에 한국에 돌아오고 싶어도 올 곳이 없었어요. 지금 생각해

보면 말도 못할 갈등과 고통의 나날이었어요."

— 자살을 생각한 적은 없는지요?

"자살? 그러지 않았어요. 아무리 힘들어도 자살할 생각은
하지 않았어요."

— 처음 대학에서 수의학을 전공했던데요?

"뉴욕에 얼마나 좋은 대학이 많습니까. 그런데 집에서 떠나
고 싶어 일부러 먼 곳에 있는 대학을 선택했어요. 뉴욕에서 한
참 북쪽으로 올라가야 하는 뉴햄프셔 주립대를 갔죠. 거기에
미국에선 내로라하는 농과대학과 수의학과가 있었어요.

이때도 할아버지는 너무 앞을 내다보셨어요. 당신의 아들에
게는 핵물리학자가 되라더니, 손자에게는 수의학과를 가라고
하더군요. '한국의 어린이들이 키가 작은 것은 칼슘부족 때문
이다. 우유를 안 먹어서 그렇다. 그러니까 네가 수의학을 전공
하면 목장을 줄 테니 그걸 경영해서 한국의 모든 아이들에게
우유를 먹여라. 그래야 서양아이들처럼 체구가 커진다.' 그런
생각을 갖고 있었어요. 그게 내게는 탈출의 명분이 돼주었죠."

— 막상 아버지 곁을 떠날 때는 여러 가지 고민이 있었을 텐
데요.

"하나도 고민스럽지 않았어요. 그때는 평생 아버지를 보지
않아도 좋다는 생각까지 들었어요. 실망이 너무 커서 말이죠.
1년 남짓 함께 사는 동안에 그렇게 보고 싶었던 아버지가 더
이상 안 봐도 그만인 아버지가 돼버렸어요."

— 그런 고통을 치료해준 게 음악이었나요?

"음악이 하나의 생명선이었어요. 그런 소외와 외로움을 노래로 풀었어요."

_음악과 아버지

1968년 귀국해 음악활동을 시작한 한대수는 6년 만인 1974년에야 〈멀고 먼 길〉이라는 첫 음반을 낼 수 있었다. 그가 한국 대중음악계에 미친 파장과 역풍을 짐작할 수 있는 대목이다.

그 음반에 수록된 대표곡들은 대부분 그가 아버지와 함께 살던 시기인 18세의 감성으로 작곡한 것들이다. 〈바람과 나〉, 〈행복의 나라〉, 〈물 좀 주소〉 등이 롱아일랜드의 아버지 집 2층 골방에서 탄생했다.

그는 노래를 누구에게 들려주고 싶다거나 정식 앨범으로 내겠다는 생각으로 곡을 쓴 게 아니었다고 한다. 그냥 목에서 흘러나오는 곡조를 음표로 옮겼고, 거기에 떠오르는 시상으로 가사를 붙였다. 어떤 곡은 단 2시간 만에 만들어졌다.

그는 정식으로 음악을 전공하지 않았다. 개인적으로 체계적인 공부를 한 적도 없다. 그런데도 그는 음악을 만들고 노래했다. 아버지가 그의 음악엔진의 연료였다.

— 그냥 음악이 나온다는 게 말이 되나요?

"내가 왜 음악을 하는지 나 자신도 모르겠어요. 그냥 일상생활에서 어떤 자극이나 영감을 얻으면 나도 모르게 노래가 만들어졌어요. 수학공식처럼 정해진 형식도 없고 일정한 법칙도 없고요."

— 음악인의 피를 물려받은 건가요?

"할아버지가 원천이겠죠. 할아버지가 사실상 아버지 역할을 했으니까 그분의 음악적 감수성과 재능을 내가 이어받았겠죠. 할아버지와 살던 집에서는 음악이 공기였어요. 그 이후 상상도 못한 사건들의 연속 속에서 그 음악이 내 생명수가 됐어요."

바이올린을 연주했던 할아버지의 꿈은 클래식 음악을 전공하는 것이었다고 한다. 하지만 기독교를 한국에 전파시키는 것을 목적으로 한국 출신의 '용병목사'가 필요했던 언더우드 박사는 할아버지에게 '음악은 부전공으로 해도 되는 것 아니냐'고 설득했다. 결국 할아버지는 시간에 쫓겨 신학학위만 취득한 채 귀국한다.

할아버지는 못다 이룬 음악가의 꿈을 클래식 감상으로 풀었다. 점심시간이 되면 다른 교수들과 함께 식사하지 않고 꼭 사택으로 돌아와 귀국길에 사온 전축으로 베토벤 교향곡이나 바흐의 무반주 첼로곡을 한 시간씩 들은 뒤 다시 학교로 나갔다.

음악적 유전자를 물려받은 또 한쪽은 어머니다. 부산의 부유한 집안의 딸이었던 어머니는 그 시절에 드문 피아니스트였다. 어머니는 할아버지가 목회하는 교회에서 피아노와 오르간을 연주했고, 그 인연으로 며느리가 됐다. 갓난아기 시절부터 한대수는 매일처럼 우렁차게 울리는 음악을 들으며 방바닥을 기어다녔다. 음악은 피할 수 없는 집안의 공기였다.

— 부모의 빈 공간이 삶에 부정적인 영향을 미쳤다고 생각할 때가 많았을 것 같은데요.

"물론 부모가 없다는 걸 뼈저리게 증오했어요. 하지만 내가 생각해도 흥미로운 것은 그 슬픔, 고달픔에 대해 굴복하지 않았다는 겁니다. 내 성격도 부모의 부재 때문에 침울하거나 소극적인 성향을 띤 게 아니라 그와는 반대가 돼버렸어요.

그것은 자긍심 같은 것이었죠. 그게 슬픔과 고통을 이겨낼 수 있는 방법이기도 했어요. 나는 언제나 가진 것은 없지만 체념하지는 않았어요. 지금도 그렇고요."

— 자주 '내 인생이 왜 이 모양인가'라고 한탄하지 않았나요?

"정말 내 삶이 왜 그렇게 굴곡이 심했고 변화가 많았는지 모르겠어요. 그것도 동서양을 오가면서 말이에요. 나는 초등학교, 중학교, 고등학교를 같은 곳에서 마친 적이 없어요. 초등학교는 한국에서 입학하고 미국에서 졸업했어요. 중학교는 미국에서 입학했는데 졸업은 한국에서 했고, 고등학교는 입학은 한국에서 졸업은 미국에서 했죠. 대학과 전문학교는 미국에서 다녔지만, 그동안 이리저리 옮겨다닌 게 나도 어지러울 지경이에요."

— 그래도 자신이 살기 위해서 아버지를 이해하자는 쪽으로 마음을 정리할 때가 있었겠지요?

"롱아일랜드 집을 떠난 뒤에는 아버지와 그다지 교류가 없었어요. 그 이후 나도 엄청난 격랑 속에 살았죠. 두 번이나 결혼하고. 내 한몸 챙기며 살기도 바빴어요.

그 와중에 아버지의 삶에 대해 약간 이해할 수 있다는 느낌이 왔던 때가 첫 아내와 이혼한 뒤였을 겁니다. '인생살이가 이런 거구나. 20년을 님세 함께 살아온 사람, 서로의 인생을 다 바쳤던 사람, 너무 사랑했던 사람이 다른 사람을 사랑할 수도 있구나. 이제 내 인생은 어디에 있나. 내 목숨 바치고 사랑했던 사람인데……' 하고요."

— 누구나 인생에서 도저히 남에게는 설명할 수 없는 일이 있을 수도 있다는 깨달음인가요?

"첫 아내와 헤어져 혼자 살면서 마음이 텅 비고 도무지 희망이라곤 찾을 수가 없을 때, 아버지에 대해서 이해가 갈 듯 말 듯한 순간이 오더군요. '인생에 이런 일이 생길 수도 있구나. 전혀 상상하지 못했던 일들이 일어날 수 있구나. 아버지에게도 누군가에게 말하지 못하는 기가 차는 사연이 있을 수도 있겠구나. 그게 핵과 관련한 비밀 프로젝트이든 뭐든지 간에 남들에게는 설명할 수 없는 굉장한 충격과 고통이 있었겠구나. 지금

아버지가 아닌 아버지에 대한 기억

도 죽을 때까지 말하지 못하는 사연과 기억을 안고 살고 있겠구나…….' 그 뒤로 매해 아버지를 찾아가 인사를 했어요."

— 그게 아버지와 화해의 물꼬를 튼 것인가요?

"내가 재혼을 할 때 아버지가 와주었어요. 아버지라기보다 친구 같았죠. 'How are you, father' 하고 손을 들어 인사하면서. 대개는 'Hi, dad'라고 하지만 그렇게 부를 수 없었어요. 친숙한 'dad'의 느낌이 없었으니까요. 더이상 그 양반에게 아버지 역할을 기대하지 않으니까 그렇게 되더라고요."

— 아버지에 대한 모든 기대를 접은 것인가요?

"원래 없었으니까 포기할 것도 없는 거죠."

— 아버지의 근황은?

"올해로 80세인데, 최근에 심장수술을 했어요. 건강하세요. 10여 년 전 은퇴해서 지금도 뉴욕 롱아일랜드에 살고 계세요."

아버지라는 이름의 아버지

한대수는 아버지를 아버지로 인정하는 것과 인정하지 않는 것의 경계를 구분하고 살고 있는 듯했다. 그게 '아버지 아닌 아버지'를 담아두고 사는 그만의 비결이기도 했다.

그 아버지는 2005년 공개적으론 처음 '아버지 노릇'을 했다. 그해 출간된 아들의 에세이집 《올드보이 한대수》에 '한대수 아버지의 메시지'라는 제목으로 추천의 글을 썼다. 거기에는 아들에 대한 미안함도 있지만, 아들이 이해해주기를 바라는 '아버지의 고통'도 있었다.

대수의 자서전을 앞에 놓고서 표지나 목차를 뒤적일 뿐 막상 책을 읽을 용기가 나지 않았습니다. 제 스스로 기억의 고통스런 파도를 일깨울 것이 두려웠기 때문입니다. 대수의 책에는 저의 어두운 면이 드러나 있습니다.

하지만 그 책에 담긴 이야기들보다도 더 많은 어두운 업보들이 제게 있습니다. 저는 죄인입니다. 그러나 저로 인한 대수의 고통이 결과적으로 그의 훌륭한 창작에 영향을 줄 수 있었던 것이라면 저는 조금은 죄책감을 덜 수 있을지 모르겠습니다. (중략)

지금 단계에서 저는 우리 관계를 올바르게 만들고 싶은 간절한 마음이 있습니다. 그것이 생물학적이든 신학적이든 또 나아가 유전적이든 진정한 의미의 아버지로서 대수의 인생의 일부가 되기를 바랍니다.

진정한 아버지로서 아들 인생의 일부가 되기를 바랐던 소망이 이뤄졌는지는 묻지 않았다. 아들이 아버지의 글을 자신의 책에 실었다는 것 자체가 이미 긍정적인 대답이었다. 하지만 그 아버지와 아들은 여전히 서로에게 죄다 털어놓지 못하는 아픔을 안은 채 살고 있다. 서로의 삶에 가장 많은 영향을 미쳤으면서도 도무지 이해할 수 없는 모순을 풀지 못했다.

그렇다고 해도 한대수를 위한 변명이 가능한 게 삶이다. 그 모순을 모두 풀어야 삶이 살아지는 건 아니다. 꼭 그래야만 정상적인 아버지와 아들의 관계가 되는 것도 아니다. 어느 누가 정상적인 부자의 관계를 한 가지로 정리할 수 있겠는가. 그런 삶이 행복하다고 어느 누가 확언할 수 있겠는가.

그게 삶이 오묘한 이유다. '생물학적 유전자'를 이어받은 아들이 '정신적 유전자'까지 물려받아 진정한 아버지가 되고 싶다는 소망은 그저 소망에 그치는 경우가 그렇지 않은 경우보다 훨씬 더 많다. 아버지와 자식은 유전자의 인과관계로 모든 것을 설명할 수 없는 종속적 관계에 머물러 있는 게 아니라, 완전히 독립적인 삶의 주체들간의 충돌을 항상 내재하고 있기 때문이다.

한대수는 모순적인 아버지에 대한 원망을 자신의 삶을 단련시키는 채찍으로 썼다. 그리고 지금 자식에게는 모순적인 아버지를 대물림하지 않으려고 한다.

그와 이야기를 마치고 문밖으로 나서려는데 갑자기 옥사나가 "양호 좀 보세요" 한다. 양호가 장난감 기타를 튕기는 시늉을 하고 있는 게 아닌가. 아버지 한대수의 반응? "큰일났다"였다. 그의 사연을 모르는 사람이 그 장면을 봤다면 이렇게 면박을 주었을 것이다. "거 봐라. 제아무리 아니라고 해도 절대 피는 못 속인다"고 말이다.

그렇게 '자유인 한대수'에게는 아버지의 역할이 보태졌다. 딸에게는 자신이 잃어버렸던 아버지를 찾아주려 한다. 아버지 유전자는 가끔 끊어지기도 하지만, 모질게 다시 이어진다.

경계인 유전자

- 건축가 함인선

⋯⋯"아버지는 현실적인 타협을 하지 않았다.

친구가 유명한 사학의 석좌교수로 오라고 했는데도 안 가셨다.

왜 그랬을까? 제 아들이 굶고 있는데 말이다.

그런데 그게 나였어도 안 갔을 거라는 생각이 든다.

내가 아버지보다는 훨씬 타협적인 사람이라고 생각하는데,

그래도 아버지의 삶이 내 앞길에 드리우고 있는 걸 느낀다."⋯⋯

함인선 🌱 1959년 서울 출생. 서울대 건축학과를 졸업한 뒤 새로운 건
축운동을 벌였고, 영등포 성락교회, 부평 순복음교회 등을 설계해 주목을 받았다.
현재 건원종합건축 대표이사로, 행정중심 복합도시 첫마을 등의 설계를 진행했다.

함인선은 건축계에서 '이단아'다. 스스로도 이렇게 부른다. 그는 저서 《건축은 반역이다》(1999년)에서 "나는 제도권 건축계에서 보면 이단아로 여겨질 만한 사람이다. 건축계의 주요 인사들과는 꾸준한 불화(?)를 유지해왔다"고 썼다. 건축가의 통상적인 길, 혹은 주류가 형성한 흐름을 거부해왔다는 얘기다.

그런 '불화'를 겪으면서도, 그는 현재 국내 굴지의 설계감리 그룹인 (주)건원종합건축 대표이사를 맡고 있다. '구조의 미'를 추구하며 건축명인 반열에도 거론된다. 적어도 그의 건축론이 업계에선 주류로 인정을 받았다는 의미가 된다.

서울 강남 한복판에 자리잡고 있는 함 대표의 사무실 분위기는 현대적인 세련미를 풍기는 여느 건축사무실과는 사뭇 다르다. 문과 창을 제외한 벽은 모두 책들로 채워져 있다. 그것도 1980년대 대학을 다닌 사람들에게는 필시 낯익을 게 분명한 책들이 대부분이다. '불온한 사상'으로 여겨졌던 제목, 저자, 출판사의 이름들이 구태여 빼보지 않아도 족히 20~30년은 됐음직한 책들이다.

'이 방의 주인은 아직도 그 망령들과 함께 숨을 쉬고 있단 말인가.' 본격적인 이야기를 시작하기도 전에 뭔지 모를 '기'에 눌린 듯한 느낌을 주는 남자, 게다가 나이를 대충 재보더니 대번에 반말이다.

— 아버지에 대한 얘기를 듣고 싶습니다. 아버지와 나, 뭐 이런 주제로······.

"그런 '보수꼴통' 얘기를 들어서 뭐하게?"

— 아버지와 아들의 삶을 비교한다는 게 무리한 것일 뿐더러 무모한 것이겠지만······.

"난 지금도 주류의 '성골신분'은 아니야. 항상 경계에 있었지. 건축을 한다지만 그 자체에는 한번도 있어본 적이 없는 사람이다. 건축과 테크놀로지, 건축과 도시, 건축과 정책, 건축가들의 모임을 만드는 데 역점을 두어왔다. 이념적으로도 건축론에서도 그렇다. 이를테면 박쥐였다.

그런데 이쪽 가선 이편, 저쪽 가선 저편 했던 게 아니라 이쪽에선 저편, 저쪽에선 이편 했다. 그리고 보면 경계 자체를 하나의 영역으로 만든 박쥐다. 우리 아버지가 그런 사람이었다."

— 저서를 봤더니 '기질 때문이었는지 시대가 그렇게 만들었는지 나는 항상 타자, 비주류였고 우상을 깨는 쪽이었다'고 썼던데.

"뿌리 깊은 유전자 때문이 아닐까? 아버지가 물려준 유일한 유산 말이지."

아버지 함상훈(1903~1977년)은 일제강점기에는 〈조선일보〉 편집국장을 지낸 언론인으로, 해방 후에는 한국민주당(한민당) 선전부장을 맡았던 정치인으로 적지 않은 논란의 중심에 서 있는 인물이다.

언론인으로서 한쪽에선 자존심을 지켰다는 평가가, 다른 한쪽에선 친일(親日)언론인이라는 비난이 그를 에워싸고 있다. 정치인으로서도 '공작정치'의 사례로 자주 거론되지만, 그의 역할 덕분에 한국전쟁 후 정쟁 속에서 국가 정체성을 지킬 수 있었다고 평가하는 이들도 적지 않다. 단순하게 정리해보면 아버지 함상훈은 끝내 자기영역을 확보하지 못한 경계인이자, 기득권 세력에서도 배제된 비주류 정치인이었다.

이에 반해 아들 함인선은 외견상 건축을 둘러싼 경계를 자신의 영역으로 만들었고, 비주류 건축론으로 주류 기업의 CEO 자리에 올랐다. 세속의 기준에서 보면 같은 유전자가 낳은 상반된 결과다. 하지만 함 대표는 "본질에선 달라진 게 없다"고 했다. 경계인(境界人)의 생득적인 불안정성과 반(反)주류

함인선(앞줄 왼쪽)이 어릴 때의 아버지. 어머니, 동생
과 함께 야외에 나갔다가 함께 찍은 사진. 아버지는
주말마다 두 아들을 앞세워 소풍을 나가곤 했다.

1940년대 〈조선일보〉 편집국장 시절 아버지 함상훈
의 모습

본능을 말하는 것 같았다.

그래서 함상훈 – 함인선 부자의 숙명적인 이야기는 어쩌면 동족끼리 벌이는 오랜 내전(內戰)과 같았을 거라는 생각이 뇌리를 떠나지 않았다. 실패한 아버지냐, 성공한 아버지냐. 아버지의 운명을 극복할 수 있을까, 아니면 숙명처럼 인정해야 하나. 승자와 패자가 무의미한 아버지와 아들의 긴장과 화해의 전쟁사를 함 대표는 격정적인 어투로, 하지만 냉정한 판정을 내리면서 풀어놓았다.

_경계인 유전자

함상훈은 일제강점기 때 부유한 집안을 배경으로 일본유학을 마치고 새로운 사회에 눈을 뜬 전형적인 신지식인이었다. 황해도 송화군 풍천면에서 상당한 지주집안의 둘째였는데, 그 집의 아들 3형제 모두가 일본유학을 다녀왔고, 두 딸은 서울에서 여고를 마쳤을 정도로 재력이 대단했다고 한다.

— 당시 아버지는 신지식인 대열에서 주목받는 인물이었던 것 같은데.

"고모가 증언하는 게 있지. 아버지는 일본 와세다 대학 정경학부를 마친 뒤 귀국해 신간회에서 활동했다. 당시 서울 종로

YMCA에서 강좌를 열었는데, 월남 이상재 선생이 정치분야 강좌를, 아버지가 경제분야 강좌를 담당했다고 한다.

이 강좌를 들은 고모님이 '내용은 기억 못하지만 3시간 강의를 하는 동안 통계수치가 족히 100개는 넘게 나오더라. 다들 감탄했다'고 하신 게 기억난다. '그걸 다 외워서 하더구나'라면서 말이지. 꽤나 주목을 받았던 모양이다."

— 그 시절에는 사회주의의 세례를 받는 지식인들이 많았던 데 비해 아버지는 일찍부터 보수성향을 띠셨다.

"아버지도 한때는 빨갱이였다고 한다. 지금은 분실했지만 아버지가 오래 전에 정리해놓은 회고록 형식의 글을 보니, 아버지가 자신을 쫓아다니던 일본 고등계형사와 대판 토론을 벌였다고 하더라. 거기서 아버지가 큰 영향을 받아서 그 다음부터는 완전히 우파가 됐다고 한다. 도대체 그때 무슨 얘기를 나눴는지는 모르지만, 이후 아버지는 신간회에 참여했다. 민족주의 계열이 된 것이다."

— 1939년대 동아일보사에 입사했다가 조선일보사로 옮겨 1944년 폐간조치를 당할 때는 마지막 편집국장이었다.

"몇 년 전 조선일보에서 《조선일보 사람들》(2004년)이란 책을 내겠다면서 취재를 왔는데, 아버지가 1937년 조선총독부가 내선일체(內鮮一體)를 내걸고 황국신민서사(皇國臣民誓詞)를 일본어 그대로 게재하라고 지시한 데 반발해, '우리는 한글신문으로 허가를 받았는데 왜 일본어로 게재하라고 하느냐'고 항의했다는 사실을 알려주더라.”

아버지 함상훈은 편집국장의 자리에 오른 뒤에는 엄혹한 시
대의 압박을 감당하기 힘들었던지 1938년 1월 1일자 신년호
제호 밑에 ‘황국신민서사’를 일본어 원문대로 실었고, 제호 위
에 일장기가 올라가기도 했다. 그런 일은 당시 언론계 전반에
서 벌어진 것이지만, 지금 함상훈을 둘러싼 ‘친일논란’의 증거
가 되고 있다.

“아버지뿐만 아니라 작은아버지(함내훈, 당시 해외문학과 작
가로 조선일보사에 함께 근무했다)도 그 명단에 들어 있더라.
‘친일’ 했겠지. 할 수밖에 없었을 것이고. 다만 분명히 해야 할
것들이 있다. 아버지는 창씨개명을 하지 않은 거의 유일한 지
도층 인사였다.

말을 많이 하거나 글을 많이 쓰는 사람들은 실수하게 돼 있
다. 매일 일정한 분량의 글을 써야 하는 사람은 무엇이든 당시
를 어떻게 살았는지 후세에 보여주는 ‘증거’를 남길 수밖에 없
다. 친일은 그런 증거를 남긴 업보(業報)가 아니겠는가. 동료들
은 ‘한글을 지킨 줏대 있는 기자였다’는데…….

매일 말과 글을 내뱉어야 하는 직업을 가진 사람이었으니
무슨 일인가는 했을 것이다. 그 중에 이 말, 저 말 딱 떼어내
서 문제를 삼으면 그렇게 되는 것 아니겠는가. 그걸 직업으로

경계인 유전자

삼는 사람에 대해서 하나의 간판을 붙이면 안 된다고 본다. 그
렇다고 그런 것에 대해 열낼 것까지는 없고. 내가 그런 아버지
를 보면서 확언할 수 있는 것은 '절대 말과 글을 직업으로 삼
으면 안 된다'는 것이다."

아버지의 '친일문제'에 대해 함인선은 정연한 논리를 폈다.
냉정하게 아버지의 친일을 비판하면서도, 시대적 상황에서 아
버지가 받아들일 수밖에 없었던 한계에 대한 충분한 이해도
바탕에 깔고 있다.

논리적인 분석만으론 해석하기 힘들 만큼 그의 성장기에 큰
영향을 미친 아버지의 사건은 따로 있었다. 아버지가 한국정
치사에서 어두운 그림자를 뒤집어쓰게 된 '신익희-조소앙 뉴
델리 밀회사건'이다.

1945년 해방이 되자 함상훈은 본격적으로 정치에 투신, 한
민당에서 선전부장을 맡았다. 지금으로 치면 당대변인쯤 된
다. 함상훈은 당 정책입안을 주도할 정도로 대표적인 이데올
로그(ideologues)였다. 신문, 잡지, 당 발표문을 통해서도 저명
한 논객으로 왕성하게 활동했다.

그런데 1954년 10월 12일 민국당(한민당의 후신) 정책위 부
위원장을 맡고 있던 함상훈은, 당내 경쟁파벌의 수장인 신익
희 국회의장이 한 해 전에 한국전쟁 때 월북한 북한 사회당의
조소앙과 인도 뉴델리에서 밀회해 남북협상을 가졌다고 폭로

한다. '두 사람이 한반도를 제3지대(공산주의도 자본주의도 아닌) 나라로 중립화하는 문제를 협의했고, 그런 세력은 민국당 내부에도 침투해 있다'는 게 요지였다.

민국당은 즉시 간부회의를 열어 "허위사실을 조작한 것은 해당행위"라는 이유를 내세워 함상훈을 제명시켰으나, 그는 자신의 주장을 굽히지 않았다.

당시 여당인 이승만의 자유당은 이 사건을 이용해 당내 비주류의 이탈을 막았고, 11월에는 장기집권을 위한 개헌을 추진한다. 정치공작 논란의 여파가 결코 작지 않았던 것이다. 여기까지가 '기록된 역사'나.

— '뉴델리 밀회사건'은 언제 알게 됐는가?

"아버지의 정치적 몰락을 부른 게 뉴델리 사건인데, 중학교 때 아버지에게서 뒷이야기를 들었다. 아버지는 그때도 '억울하다. 그게 아니다'라고 했다. 그게 아니었다면 한국이 제3지대 나라가 됐을 거라고 하면서 당신이 위험한 남북협상을 막았다고 생각했다.

종합해보면, 누군가 그런 첩보를 당 지도부에게 먼저 얘기했고, 그 지도부가 간부회의에서 꺼내면서 '누가 총대를 멜 것이냐?'고 했던 것 같다. 그걸 아버지가 자청해서 멘 것이다. 남한체제가 바뀌는 것은 막아야 한다는 게 당신의 소신이었을 테니까. 우리나라를 제3지대로 만들려는 음모가 있다는 얘기를 들었으니 그 '보수꼴통'이 얼마나 격분했겠나."

— 그 정도로 보수적이셨는가?

"내가 다섯 살 때인 1963년 민정당을 창당한 윤보선이 대통령 선거에 나왔는데, 어느 날 아버지가 아침에 가방을 꾸려서 외출을 하시더라. 윤보선의 지원연설을 나간다고 말이다. 그러면서 하시는 말씀이, '박정희, 그런 빨갱이는 안 된다'는 거였다.

아버지는 박정희의 남로당 연루사건을 계속 말씀하고 다니셨다. 그 뒤 내가 초등학교 3, 4학년 때까지도 여당 쪽에서 영입제의가 왔지만 아버지는 들어가지 않았다. 돌아가실 때까지 '박정희는 빨갱이'라는 의견을 거두지 않으셨다."

— 그 사건 이후 아버지의 생활이 여의치 않았을 텐데.

"한마디로 정치낭인이었지. 내가 1959년에 태어났는데(아버지는 뉴델리 사건 후 56세에 20년 아래인 함인선의 생모와 세 번째로 결혼했다), 그 사건이 생긴 지 꽤 시간이 지난 1960년대 초·중반인 내 어린 시절에도 아버지는 늘 시내의 광교다방으로 외출하셨다. 청계천 고가도로가 생기면서 그곳이 없어지니 종로에 있는 양지다방에 나갔다. 거기서 친구들 만나면서 항상 정치얘기를 했고 나름대로의 우국충정에 흥분하셨다.

50대 중반을 넘겨서 생긴 손자 같은 아들을 데리고 나갈 때가 많았다. 가끔 만나는 기업인들, 언론인들이 헤어질 때쯤 아버지에게 노란 봉투를 넣어줬다. 그게 아버지가 어머니에게

주는 생활비였다. 아버지가 평생 월급이라는 것을 받은 것은 〈조선일보〉 편집국장 때까지가 전부였다. 그 이후에는 오로지 정치헌금으로 살았다."

— 이해할 수 있는 아버지는 될지 몰라도 '좋은 아버지'는 아니었다는 뜻인가?

"그렇지 않다. 적어도 그 시절에 나는 아버지에 대해서 좋은 기억이 많다. 아버지는 술을 한잔도 못했다. 매일 나와, 2살 터울의 내 동생과 함께 놀아주셨다. 예전에는 주변사람들에게 그렇게 엄했다고 하는데, 내가 성장할 때는 낭인시절이니 그런 성성을 보이지 않았다. 주말마다 송추, 안양 능지로 놀러다녔고. 참 자애로운 아버지였다. 그때는 다른 아버지들도 모두 그런 줄 알았다."

— 아버지에 대한 생각이 언제쯤 달라졌는가?

"중학생쯤 되니 알겠더라. 그즈음 아버지에게도 치매기가 보이고 해서 내가 일부러 대화를 피했다. 근 6년 동안 대화가 안 되는 시절을 보냈다.

낭인, 그거 거지란 얘기다. 직장도 없고. 학교에서 '가정환경조사서'를 작성해 오라고 해서 아버지에게 '직업을 뭐라고 쓸까요?' 했더니, '저술가로 하라'고 하시더라. 그때는 나도 영악해져 있을 때다. 아버지의 삶이 어떤 것인지를 알 만큼 컸다. '이건 구라다. 저술가라고 하면 뭐하냐, 돈을 못 버는데'라고 생각했다.

경계인 유전자

어머니도 생계에는 뾰족한 대책이 없는 분이셨다. 그래서 두 분이 다투는 일이 많아졌고, 그러니 더 보기 싫었다. 그때 '이 나라에선 결코 정치적 신조를 지키며 살아남을 수는 없다'고 생각했다. 정치가 직업이 돼선 안 된다고 말이다."

— 아버지에 대한 증오심이 컸을 것 같다.

"그랬다. 무능한 아버지였으니까. 생활인으로서 아버지는 가족들에게 많은 상처를 줬다. 아버지는 하다못해 집에서 못 하나 박지 않으셨다.

난 학비를 마련할 자신이 없어서 성적만 좋으면 장학금을 주는 학교(우신고)로 진학했다. 그후에는 집에서 거의 돈을 받지 않았다. 학비 때문에 어머니가 가까운 친척들에게 손을 벌렸다가 거절당한 적도 있다. 얼마나 자존심이 상하셨겠나. 동생 역시 나를 따라 우신고에 입학했다.

아버지는 입학등록금을 구하려 마지막까지 걱정하시다 돌아가셨다. 그때 받은 부조금 중에 일부를 떼어 동생의 고등학교 등록금을 냈다(그는 아버지의 죽음이 아들의 등록금을 해결해주려는 "미필적고의에 의한 자살이 아닐까 싶다"며 씁쓸하게 웃었다)."

— 그 시절 아버지라는 존재를 나름대로 정리했을 텐데.

"아버지라는 존재는 자식에게 하나의 상징이다. 우리네 인생은 프로젝트로 치면, 그 상징의 비(非)신화화 과정이다. 신화적인 것을 비신화화할 때 개인이 해방된다. 절대적인 믿음을 갖고 있다가 '그런 게 아니네' 하는 순간에 주술에서 풀려나는 것이다.

아버지라는 존재도 누구에게나 상징화돼 있고 그 비밀이 벗겨지는 계기도 누구에게나 있다. 하지만 사람들은 비밀을 벗겨낼 수 있는데도 실제로는 안 한다. 그것으로 자신까지 무너질까 두려워하기 때문이다.

나 같은 실용주의자는 일찍 그것을 벗겨버린다. 중학교 때 아버지를 비신화화하면서부터 그랬다. 정확하게 말하면 내가 아버지라는 상징을 살해해버린 것이다."

— 그 상실의 허탈함이 크지 않았는지.

"아버지라는 상징을 부숴버리면 대안이 되는 게 없다. 한동안 암흑 같은 블랙홀을 구경하는 거다."

_경계인 유전자

경계인(marginal man)은 주류 사회에 완전히 소속되지 못하는 비주류 인종의 정서를 가리키는 사회심리학 용어다. 좀더 개념의 폭을 넓히면 이념, 유파, 영역, 인종의 편가름 속에서 어느 한쪽을 선택하지 않는(혹은 못하는) 삶을 지칭하기도 한다.

세상은 주류의 생각에 압도당하면서도 늘 경계인들의 시각에 주목한다. 어느 한쪽에 기운 '한편의 진리'가 다툼을 벌이고 있는 광장에서 한켠에 밀려나 있는 경계인이야말로 보다 진리에 근접한 시각을 갖고 있기 때문이다.

그러나 승자의 논리가 진리가 되고 마는 현실 속에서 경계인을 자처하기란 쉽지 않다. 경계인의 생각은 항상 주변을 불편하게 만들거니와 스스로의 삶도 안정과는 거리가 멀다.

그는 아버지의 마지막 모습을 "세상타령을 하다 처절하게 돌아가셨다"고 표현했다. 사인에 대해서도 간명하게 "영양실조였다"고 했다. 그의 가족들은 매해 추석과 설날 두 번씩 아버지의 산소를 찾는다.

"우리 어머니가 매번 가져가는 게 있다. 바로 우유 2팩이다. 마지막에 아버지가 우유를 달라고 했는데 안 주셨다고 한다. 그것 때문에 돌아가신 거지(웃음). 그게 가슴에 맺힐까 그런지 산소를 찾아갈 때마다 어머니는 우유를 들고 가선 '영감, 나 왔어' 한다.

최근에는 어머니가 건강식품에 관심이 많다. 지난번에 산소에 갔을 때는 어머니가 부스럭부스럭거리더니 우려내고 남은 녹차 같은 티백을 한움큼 꺼내어 산소에다 덮어놓더라. 그리고 물을 뿌려주면서, '거기서라도 건강하게 살라'고 하더라. 아버지는 영양실조로 처절하게 돌아가셨는데 말이지(웃음)."

── 왜 아버지를 경계인이라고 생각하는가?

"아버지는 한번도 제도권에 들어가본 적이 없다. 언론사도 제도권이 아니다. 일제강점기와 해방공간에서 아버지 정도의 배경을 가진 지식인이 제도권을 탐했으면 임시정부가 있는 상해로 갔든지, 아니면 조선총독부의 고등문관 시험을 봐서 공무원을 했어야 했다. 하지만 아버지는 양쪽 모두를 선택하지 않았다. 아버지는 두 세상과 긴장할 수 있는 지점에서 살았다.

그건 아버지가 옳게 판단하신 거라고 생각한다. 나는 정치인, 목사, 교수, 이 세 직업은 절대로 자기 분야에서 돈을 벌면 안 된다고 본다. 자신이 하는 활동 자체가 경제적 이득을 도모하는 직업이면 안 된다는 말이다. 예수가 목수였던 것처럼 돈은 다른 곳에서 벌어야지.

그래야 자기 말에 대해 신뢰가 선다. 교수가 월급받아 재산을 모으면 안 되고, 목사가 헌금 받아 생활하면 안 되고, 의원이 세비받아 제 잇속 챙기면 안 된다.”

— 아버지를 경계인의 삶으로서는 인정한다는 뜻인가?

“아버지는 끝까지 정치적 신조를 지켰고, 정치헌금으로 살았기 때문에 이해하는 마음이 있다. 그 시절에 부르주아 집안에서 남들보다 월등한 환경이 허락해주어 좋은 교육을 받은 사람들은 기본적으로 공공서비스를 해야 한다는 의무감이 있었다. 거기에 머리까지 괜찮으면 당연히 그런 삶(민족을 위한다는 정치인)을 살 수밖에 없었을 것이다.”

— 아버지의 삶이 자신의 행로결정에도 많은 영향을 미쳤을 것 같다.

"나의 진로결정 방향은 생활고 해결이 우선이었다. 대학을 문과가 아닌 이과로 선택한 이유는 빠른 시일 내에 가정문제를 해결해야 했기 때문이다. 공대에 진학해서 아르바이트를 하고, 이어 과학원을 가면 군대면제의 길이 있고 일찍 벌이가 될 거라고 생각했다.

고등학교 2학년 때 아버지에게 이과를 가기로 했다고 얘기했더니, 아버지는 탐탁지 않아 하셨다. 아버지는 내가 정치하기를 바랐겠지만, 내색은 하지 않았다."

아버지의 삶은 일단락됐지만, 함인선도 '경계인'의 삶을 살았다. 그것은 아버지에게서 물려받은 비주류, 타자, 유목민 유전자가 마침내 모습을 드러냈다는 의미였다.

그는 서울대 건축학과 78학번이다. 5공화국 시절인 1982년 건축학과 졸업생 환송회가 열렸다. 학과장 이모 교수가 졸업생들을 위해 "건축가란 만년필 하나만 가지면 세계 어느 곳에 가서도 대접받는 직업 아니냐. 예술가와 공학자로서 건축가는……." 하며 덕담을 했다. 축사를 듣던 함인선이 참지 못해 들이받았다.

"3년 전 건축과에 들어와 오늘과 똑같은 교수님의 얘기를 들을 때는 자랑스러움과 열망으로 가슴이 벅찼습니다. 그러나 1980년을 겪은 우리는 이제 건축에 대한 그런 허상을 받아들일 수 없습니다. 건축은 더이상 예술지상주의에 매몰되어선 안 되며, 이 사회의 고민을 자신의 작업에 반영해야 합니다. 그런데도 교수님이 하시는 말씀은 하나도 안 바뀌었으니, 내가 잘못된 것이라면 납득시켜주십시오."

교수들은 안절부절못했지만 '좌파동료'들은 박수를 쳤다. 그날 함인선은 죽기 살기로 술을 마셨다가 병원에 실려가는 신세가 됐다.

그는 졸업 후 군복무가 인정되는 특례보충역으로 현대건설 구조엔지니어링에서 처음 건축을 시작했다. 퇴사했을 때는 1987년의 민주화 물결에 동참해 '청년건축인협의회'를 이끌며 새로운 건축운동을 수장했다. 건축계에서는 냉쾌한 논리를 펼치는 '지식인 건축가', '실천 건축가'로 불리기도 했다.

또한 친구들과 인우건축사무소를 열어 서울 영등포구 서울성락교회의 설계와 감리를 맡아 4년간 힘을 쏟았고, 철구조물이 들고 있는 듯한 거대한 교회 본당을 만들어 서울시건축상 시상식에서 금상을 받아 화제가 되기도 했다.

그러나 발주업체의 부도로 어려움을 겪은 2004년에 설립 16년 만에 인우건축의 문을 닫은 뒤 한양대 건축과 전임교수로 자리를 옮겼다. 그러다 2006년 건원종합건축에서 제안을 받아 학교를 떠나 건원종합건축 대표이사에 취임했다.

— 자신을 건축계의 '천민'이라고 부르는 것도 경계인의 정서인가?

"설계사무소를 내려면 다른 사람 밑에서 적어도 5~10년은 이런저런 훈련을 받고, 20년쯤 일하다가 독립하는 게 정상이다. 나는 설계사무소 출신들이 하찮게 보는 건설회사에서 구조엔지니어링을 했으며 설계파트에서는 딱 1년 있었다. 이 경력을 빌미로 졸업 후 5년 만에 건축사 면허를 받아서 겁도 없이 설계사무소를 열었다.

한마디로 나는 건축계에선 천민인 셈이다. 나를 보고 우리나라 건축사 전형제도에 문제가 있다고들 한다(웃음)."

— 경력을 보면 좌파운동, 소기업 현장, 학계, 대기업을 전전했다. 그럴 때마다 주변의 시선이 따가웠을 텐데.

"좌파운동을 했다고는 하지만, 지금 생각해보면 제대로 한 것 같지는 않다. 또 건축 동네에 와서도 실제로 작품성 위주의 소규모 아틀리에(공방)를 16년간 운영하면서 대형 설계사무소를 비판하다가, 지금은 국내에서 가장 큰 설계사무소의 CEO를 하니 주변에서 '변절했다'고 하는 것은 당연하겠지."

— 나름의 일관된 해명이 있었을 것이다.

"복잡한 속내가 있었지만 '호랑이를 잡으려면 호랑이굴에 들어가야 한다'는 말로 단순하게 정리했다. 좌파진영들처럼 나 역시 세계자본주의를 너무 우습게 봤다.

하지만 이게 해가 가면 갈수록 강고해지는데, 과거에는 그 문제들이 노사대결의 양상이었다면 세계자본주의는 노·노투쟁으로 만들어버렸다. 정규직과 비정규직이라는 전선을 노동

계급 안에다 만든 것이다. 건설업계도 소형회사와 대형회사의 문제, 그게 비정규직과 정규직의 대립구조 아니냐. 하나의 문제를 풀기 위해 내가 전선을 펴야 할 환경과 상대가 달라진 것이다."

― 또 하나가 교수문제인데, 건축계의 아카데미즘에 대해 가장 비판적이었던 것으로 알고 있다.

"현장에 있으면서 교수들의 철없는 아카데미즘을 비판하던 축이었다. 그런데 내가 교수를 한다니까 변절자라는 똑같은 얘기가 나왔다. 사실 우리 사회에서 교수라는 직업은 권위가 확보돼 있다는 상낭히 상징적인 자리다. 내가 교수가 되면 그 상징 자체가 얼마나 허술한 것인지를 증명하는 셈이라고 생각했다."

― 굳이 대형 건축업체, 교수직, 이런 대상의 권위를 부정하는 방법 말고도 진실을 알리는 통로는 있지 않은가?

"내가 세상의 이치를 다 알고 있는 천재라면 그렇게 했을 것이다. 하지만 많이 모자란 나 같은 사람이 진리를 알게 해주는 방법은 부정하는 방법밖에 없다. 수백 번 '적어도 이것은 아니다' 라는 말을 해줌으로써 경계가 충돌하거나 비어 있는 자리를 메워주는 것이다."

― 왜 스스로 피곤한 삶을 짊어지려 하는가?

"경계인이자 유목민이기 때문이다. 유목민은 안주하지 말아야 살 수 있다. 자리에 앉기 시작하면 죽는다. 그래서 자기가 딛고 선 자리를 부정하는 게 생리가 된다. 유목민의 유전자는 아버지의 유산인 것 같다. 나는 끊임없이 안정적인 것을 깨부수고, 떠나고, 또 거기서 헤어나기 위해 탈주하는 삶이었다."

_대화하지 않는 아버지

그는 남매를 두고 있다. 큰딸은 현재 연세대 심리학과에 재학 중이고, 아들은 대학을 준비 중이다. 누가 봐도 '잘 자란 아이들'이다.

그런데 그가 지닌 자녀에 대한 태도가 무척 독특하다. 요즘 세태에서 저마다 부모들의 자세로 요구하는 덕목과는 한참 거리가 있다. 사랑을 보여주는 부모, 자녀와의 친밀감을 많이 쌓는 부모, 강요하는 게 아니라 설명하는 부모, 군림하는 게 아니라 유도하는 부모는 그에게 별로 해당되지 않는다.

"아버지는 집에서 어머니에게 엄청 깨져야 한다"거나 "집에서 어머니가 아버지의 역할까지 하려는 게 문제"라거나, 심지어 "자식과 대화하면 안 된다"고 말한다. 특이한 유전자 탓인지, 아니면 자녀교육법에서도 주류에 대항하는 비주류의 시각을 지킨 결과인지는 가늠하기 어렵다.

그럼에도 그의 독특한 교육관을 듣다 보면 그게 더욱 현실적인 진단이라는 생각에 이르게 된다. 그게 맞다면 자식교육

아버지라는 이름의 아버지

법에 왕도(王道)란 정말 없는 게 아닐까.

— 아이들에게는 어떤 아버지인가?

"요즘 세상에선 아내에게 바가지 긁히면 모두 무능한 아버지다. 모든 아내들은 기본적으로 표독스럽다. 아내이기 이전에 엄마이기 때문이다. 엄마로서 남편에 대한 욕심이 무한한데, 그런 욕심을 채워줄 수 있는 아버지가 없다는 데서 불행이 시작된다고 본다. 모두 못난 아버지가 되는 것이다."

— 그 말은 아버지 역할에 매우 자신있다는 뜻으로도 들린다.

"정신분석가 라캉이 명쾌하게 프로이트 이론을 정리했다. '욕망은 요구 빼기 욕구'라고 말이다. 그걸 내 식으로 해석하면 요구는 아버지고 욕구는 엄마다. 아버지(요구)와 엄마(욕구)의 차이가 자식의 욕망이다.

프로이트에 따르면 수퍼에고(superego, 초자아)가 아버지다. 아버지로 상징되는 사회적 요구, 그건 항상 이뤄질 수 없는 것이다. 엄마(욕구)는 그것보다는 현실적인 것이라서 이뤄질 수 있는 것들이다. 아버지(요구)와 엄마(욕구)의 차이가 크면 그 욕망이 너무 커서 허덕거리다 죽는다. 그 차이가 작으면 조금만 얻어도 만족해서 산다.

아이들을 건강하게 키우려면 자식에 대한 목표, 그 욕망의 크기를 줄여야 한다는 결론이 나온다. 다시 말해 잘난 척하는

경계인 유전자

아버지(요구)가 집에선 엄마(욕구)에게 엄청 깨져야 한다는 뜻이다."

—아버지 역할과 상징성(요구)에 대한 환상을 깨는 게 바람직하다는 말인가?

"극단적으로 표현하면 아버지는 아이들과 대화하면 안 된다. 20세기 후반에 나타난 아버지—자식들과 보내는 시간을 늘리고, 대화를 많이 하고, 친구 같고, 고민도 들어주는 아버지는 소(小)부르주아적 아버지일 뿐 보편적인 아버지는 아니다.

어머니들도 자기 정체성을 찾으려는 노력이 많아졌는데, 흥미로운 것은 어머니들이 아들에게 아버지 역할을 하려는 현상을 보인다는 것이다. 그러다 보니 부모에게 치이는 20세기 후반 아이들이 가장 불쌍하게 됐다.

나는 아이들과 대화하지 않는다. 성적표를 본 적도, 학교에 가본 적도 없다. 딸이 어느 대학 갔는지도 나중에 알았다."

— 아들이 아버지의 역할을 요구하지 않는가?

"아들에게 아버지가 뭐 하는 사람인지를 보여준 게 딱 한 번 있다. 고등학교에 다니는 그놈이 어느 날 엄마에게 전학을 가겠다고 했다더라. 아내가 나더러 얘기를 좀 해보라고 해서 아들을 처음으로 불러 이유를 물었다.

아들은 '머리를 길러야 하겠는데, 학교 재단이 워낙 엄해서인지 머리 단속이 심해 그 스트레스로 두발자유가 있는 학교로 가야겠다'고 하더라. 해서 내가 물었다. '너 하나만의 문제냐, 그 학교의 보편적인 문제냐? 보편적인 문제라면 증거를 내놓고 입증해봐'라고 했다.

3일 뒤에 아들이 왔는데, 200여 명 친구들의 서명을 다 받아 왔더라. 내가 모두 읽어봤다. 참 눈물겨운 얘기가 많더라(웃음). '다른 학교 친구들이 우리만 보면 학교 이름을 빗대어 ㅇㅇ사, 소림사라고 놀려요', '미용실에 가서 짧게 깎아달라고 하면 너 ㅇㅇ학교 맞지 하면서 웃어요', '저는 원래 머리숱이 없는데 두발검사 때문에 스트레스성 탈모가 생겼어요.' 웃기는 얘기들이지만, 제 나름으로는 심각한 인격모독을 느끼고 있는 것 같았다."

— 아버지로서 제대로 한몫을 했는지.

"내가 다음날 교장선생을 찾아갔다. 이런 문제를 아느냐고 물었는데, 알고 봤더니 아이들의 요구를 받아들여서 선생과 학생 간에 맺은 신사협정이 있더라. 그런데도 '피바다'라는 학생주임 교사가 좀 자의적으로 단속하면서 학생들 불만이 폭발 직전의 상황에 처한 것이었다.

교장선생이 결국에는 '피바다'를 불러서 얘기를 했나본데, 그 즉시 '피바다'가 전교생을 운동장에 모아놓고 '누가 썼느냐'고 다그쳤다고 한다. 일종의 '피의 보복'으로 으름장을 놓은 것이다.

그 얘기를 아들에게서 전해듣고는 교사의 처신으로는 도저히 적절하지 않다고 판단했다. 아들은 거의 퇴학을 당하게 생겨버렸다. 교칙에 나와 있는 집단행동 금지가 이유였다. 나도 정면으로 붙었고, 계속 싸움을 했다.

결국 우여곡절 끝에 협상이 됐는데, 나더러 집단행동 하지 않겠다는 각서를 쓰라고 하더라. 거기서 타협했다. 그러고 나서 두발이 자유화됐다. 내가 아버지 노릇을 한 것은 그것 한 번인 것 같다."

― 아들의 반응은?

"얘기 안 하더라. 우리는 서로 대화를 안 하니까(웃음)."

― 자식들과 대화를 하지 않는다는 게 잘 이해되지 않는다. 엄마라도 가만히 있지 않을 텐데.

아버지라는 이름의 아버지

"아들이 아버지를 미워할 때는 엄마를 학대할 때다. 그때는 아버지를 죽이고 싶어한다. 또 한 가지, 아버지가 어머니를 고생시킬 때 그런 감정이 인다. 내가 그 두 가지에 해당되지 않으니 우리 아이들이 아빠를 미워하지는 않을 거다(웃음).

결혼기념일에 큰딸이 밖에 있는 내게 전화를 했더라. 물론 나는 그런 날인지도 모르고 술을 마시고 있었지. 딸이 '아빠 엄마 결혼기념일인데, 아느냐'고 묻더라. 내가 '그래서?' 하고 되물었다. 딸이 '뭔가 기념해야 하는 것 아니냐'고 하더라. 내가 딸에게 그랬지. '야, 6·25도 기념하냐? 상기하자 6·25지, 어떻게 기념하자 6·25냐'고. 6·25는 절대 잊으면 안 된다. 다만 용서는 해야겠지."

더이상 인터뷰를 진행할 수 없을 정도로 심하게 웃음보가 터졌다. 결혼한 지 20년이 지난 부부의 관계라는 게 '기념하자'가 아니라 '상기하자'라니.

— 자식들에게 어떤 아버지로 기억됐으면 좋겠는가?

"우선은 기억 안 됐으면 좋겠다. 하지만 그럴 수는 없을 테고, 다만 나 때문에 스트레스를 안 받았으면 좋겠다. 아버지가 돌아가신 때가 1977년인데, 그후로 10여 년 동안 아버지가 꿈에 보였다. 동생은 죽은 지 10년이 됐는데, 아직도 내 꿈에 나타난다. 내 의식의 세계에선 죽은 것이지만, 무의식의 세계에선 동생이 아직도 안 죽은 것이다.

만약 아버지나 동생이 내게 스트레스 주는 사람들이었으면, 그게 얼마나 못할 짓이었겠느냐. 그래서 내가 자식들에게 기억되지 않았으면 좋겠다고 한 것이다. 죽어서도 아이들을 괴롭히는 존재가 되지는 말아야지 않겠는가.

자식들에 대한 내 철학은 명쾌하다. 내가 아버지에게 제대로 못했듯이 나도 자식들에게 원하는 바가 하나도 없다는 것이다."

함 대표에게 남동생의 사연에 대해선 더 물어보지 못했다. 아직도 진행 중인 상처인 것 같아서였다. 주변사람들에게 알려진 이야기로는 1980년대 운동권이었던 동생은 스스로 세상을 등졌다. 그 동생은 주변에 형에 대한 애정을 자주 표현했다고 한다. "형은 정치를 했어야 했는데 아버지 때문에 자신의 길을 바꿨다"는 말도 했다고 한다.

함 대표가 그런 동생에 대해 공개적으로 언급한 것은 자신의 책에서 '시대의 칼바람에 먼저 몸을 눕힌 아우 인태에게 이 책을 바친다' 면서 써놓은 '감사의 글'이 유일하다.

> 이 책을 탈고한 후에 나는 동생을 잃었다. 이 친구는 2살 터울의 동생이었음에도 불구하고 지적으로는 나의 동반자 혹은 스승이었다. (중략) 자신 당대의 고민을 뜨겁게 안고 사느라 무진 고생을 하였고 그때 받은 상처들을 결국 이겨내지 못하고 아깝게 생을 마감하였다. (중략) 시대의 질곡과 감싸안기에 인색했던 가족들 속에서 외롭게 견디다가 가장 여렸던 자가 먼저 간 것이다.

살아남은 자는 죽은 자에 진 빚을 탕감하며 산다. 끝내 다 못 갚아도 그 남은 시간에 가슴치는 고통으로 반 갚음이 될지는 모르지만, 살아남은 자는 그 나름의 합리화를 해야만 한다는 얘기다.

함 대표는 "아버지가 물려준 것은 정액밖에 없다"고 했다. 그 속에 아버지가 물려준 무형의 유전자도 있었을 것이다. 함 대표는 그런 삶을 관조할 수 있을 만큼 자기 생에 대한 큰 애착과 강한 의지력을 갖고 있었다. 그래서 경계인 유전자를 논리적으로 해석해낼 수 있었고, 스스로 자부하는 또 다른 삶의 유전자를 만들어낸 것 같았다.

함 대표에게 통상적인 '좋은 아버지와 나쁜 아버지', '자랑스러운 아버지와 부끄러운 아버지'의 구분법을 들이대는 것은 정말 무모하고 무의미했다. 한발 더 나가면, '오히려 함 대표의 경우가 특수한 게 아니라 부모 자식간의 보편적인 관계가 아닐까'라는 생각도 들었다.

— 세속적인 기준으로 보면 아버지는 실패한 인생이고, 아들은 성공한 인생이다. 같은 유전자인데 인생의 결과는 다르다.

"그건 짧은 생각이다. 정말 세속적인 기준으로 보면 아버지는 50대 이전까지는 성공한 인생이었다. 사랑채에 추종자들과 수행원들이 기거했을 정도로 대단한 위세를 지녔다. 전국적 지명도를 가진 정치인으로 국회의원 선거에 다섯 번이나 출마했다. 다만, 그게 현실적인 계산으로 그런 게 아니라 당의 책임을 떠맡는 역할이어서 현실적인 타협을 하지 않은 것이다.

그러나 진정한 삶의 의미로 볼 때 아버지는 정치낭인이 된 이후에 제대로 성공했다고 본다. 손자 같은 아이들과 민화투로 소일하면서, 매주말 가족들과 야외로 나가면서 말이다. 자기의 목표가 분명해졌다. 성공한 정치인이었다면 그 인생의 행복을 모르고 살았을 것이다.

내가 지금 딱 그 꼴이다. 그런 면에서 국내 최대 건축설계업체의 CEO라지만 나는 아직 실패다. 아버지가 세속적인 기준으론 실패를 했을지는 몰라도 인간적으로는 성공했다. 그게 아이러니인데 그게 인생인 것 같다."

— 아버지가 걸었던 인생의 궤를 되밟을 것 같다는 운명 같은 게 느껴지는가?

"아버지는 현실적인 타협을 하지 않았다. 친구가 유명한 사학의 석좌교수로 오라고 했는데도 안 가셨다. 왜 그랬을까? 제 아들이 굶고 있는데 말이다. 그런데 그게 나였어도 안 갔을 거라는 생각이 든다. 자식이 굶어도 못하는 게 내게도 있다. 내가 아버지보다는 훨씬 타협적인 사람이라고 생각하는데, 그래도 아버지의 삶이 내 앞길에 드리우고 있는 걸 느낀다."

함대표는 아버지의 삶을 보면서 '공직에는 죽어도 나가지 않는다'고 결심했었는데, 현재 대통령 소속 고충처리위원회 위원을 맡고 있다. 제도권 명명가 중심의 위원회에 시민단체 추천 케이스로, 그것도 최연소로 들어갔고 연임까지 하는 위원이 됐다.

이 사례까지 전하면서 함 대표는 "경계인으로 살면서 모든 사건을 관통하는 뭔가가 있다. 트라우마가 있다"고 했다. 그게 뭘까? 한동안 그 물음을 풀려 고민했지만, 그게 어찌 가당한 일이겠는가.

아들의 삶을 모두 '어버지 요인'(farther factor)으로 설명할 수는 없다. 다만 '자식이 굶어죽어도 못하는 일이 있다' 는 함 대표의 말이 경계인의 삶을 푸는 실마리가 될 수 있을 것 같기는 하다.

좌파건 우파건, 위쪽이건 아래쪽이건 진영을 선택한 사람들의 삶은 극과 극의 호환성이 아주 높다. 경계를 무너뜨리는 일보다 영역 자체를 옮기는 것은 훨씬 부담이 적다. 어느 쪽에 서 있든 간에 울타리 안에서는 안정이 보장되기 때문이다.

그러나 경계인은 영역을 인정하지 않아 그 울타리에 큰 미련을 누지 않는다. 불안정과 부성의 본능만이 의미있는 존재 방식일 것이다. 함 대표도 그런 경계인의 숙명을 안고 사는 것인지도 모른다.

경계인 유전자

아버지라는 우상
─ 사진작가 박상훈

··········"내가 아버지에게 배운 것은 대화를 많이 나눠서 영향받은 게 아닙니다.

아버지의 성실한 생활을 보고 내가 체득하게 된 것들이죠.

말은 꾸밀 수 있지만, 일상생활은 저절로 드러나는 것입니다.

아무리 감춰도 어느 순간 나오게 마련입니다."··········

박상훈 1952년 서울 출생. 중앙대 사진학과를 졸업한 뒤 개인 스튜 디오를 운영하면서 광고, 순수, 인물의 장르를 넘나드는 독창적인 작품세계로 호평 을 받고 있다. 〈우리나라 새벽여행〉, 〈박상훈의 스타갤러리〉 등의 전시회를 열었고, 현재 중앙대 겸임교수다.

박상훈 사진작가는 평소 때와 스튜디오에서 작업할 때의 모습이 판이하다. 그를 알고 지낸 행운은 꽤 오래 전에 시작됐지만 작업공간에서 공동의 일로 그를 만난 것은 2003년 신문에 '박상훈의 스타갤러리'라는 기획물을 연재했을 때였다. 매주 대중스타들의 인물사진을 찍어 새로운 포인트를 찾아 전달해 보자는 취지로 의기투합을 했다.

그는 언제나 나이를 듣고 나면 깜짝 놀랄 정도의 동안(童顔)에다 다감한 말씨며 크지 않은 동작이며 모든 게 풍부한 감성을 지닌 전형적인 작가풍이다. 하지만 조명이 들어오고 작업에 들어가는 순간, 그는 찰나 같은 셔터속도를 거의 무의식적으로 감지하며 피사체를 장악하는 카리스마를 발휘했다.

스타와 작가의 만남은 작가정신과 스타성이 충돌하는 시간이다. 긴장된 대결과 어울림이 그대로 사진에 반영된다. 당시 쓸 만한 메인 컷 1, 2장을 찾아내는 데 보통 1~2시간이 소요됐는데, 긴 시간 스타에게 분장과 의상까지 바꿔가며 진행하는 촬영작업을 요리하는 그의 솜씨는 그에 대해 갖고 있던 기존의 인상을 확 바꿔놓아 버렸다. 박상훈은 언제나 인내하며 스타들의 개성과 끼를 찾아냈다. 그가 이런 말을 했다.

사진들이 한순간 즉흥적으로 나오는 게 많기는 하다. 사진이라는 게 미학적으로 짧은 시간에 이뤄지는 작업이기는 하지만, 축적된 것의 순간적인 발로이다. 모든 느낌 생각들이 동원되어 나오는 것이다.

사진작가들은 똑같은 사물을 저마다 다르게 찍는다. 생각과 환경이 달라서 그렇다. 똑같은 자연과 인물을 찍더라도 독특한 느낌을 찾아내는 것은 작가의 역량이고 사상이다.

대상이 눈물을 흘리고 있어도 그게 닦아내야 할 눈물인지, 그냥 둬야 할 눈물인지를 작가의 내재된 모든 것들이 판단하는 것이다. 대상을 보고 느끼는 그 사람만의 것이 있다.

탤런트 김희애가 대표적일 것이다. 그는 당시 출연 중이던 인기드라마 〈완전한 사랑〉을 완벽하게 연기했다. 카메라 앞에 선 지 1분도 안 돼 죽음을 앞둔 파리한 얼굴의 '영애'로 변신했다. 눈물방울이 흘러내리지 않는, 곧 흘러내릴듯 말듯 눈에만 그렁그렁한 김희애의 사진은 나중에 스타들의 사진을 한데 모아 마련한 전시회 때도 가장 많은 주목을 받았다.

'국민배우'라는 안성기와 작업할 때는 누구나 보이고 싶지 않았을 세월의 흔적 '주름'을 주제로 삼아버렸다. 50줄을 넘어선 안성기가 웃는 순간에 얼굴 한가득 새겨지는 '주름의 강'을 배우와 동갑내기인 그는 놓치지 않았다.

이제는 이 세상에 없는 이은주도 당시엔 영화 〈안녕! 유에프오〉의 촬영을 마친 뒤 스튜디오에 들러 '세상을 귀로 들어보는 연기'를 했다.

한석규, 송강호, 설경구, 채시라, 이영애, 김선아, 김윤아, 보아……. 그 많은 스타늘을 조련했으니 그것만으로도 박 작가는 사람을 다루는 경지를 인정해야 할 것 같았다.

그의 인물 다루기는 대중스타들에만 국한된 게 아니다. 광고, 패션, 인물, 순수 등 다양한 분야를 종횡무진한다. 그래도 그의 작품 중에서 사람들이 가장 많이 보았을 만한 것은 그가 술하게 찍은 광고사진이 아니라 노무현, 이명박이라는 두 정치인의 대선후보 포스터일 것이다.

5년의 시간차를 두고 벌어진 두 번의 대통령 선거에서 그가 찍은 유력 후보의 사진은 전국 3,000여 곳의 지정벽보에 나붙었다. 신문, 방송을 통해 비춰진 횟수는 헤아릴 수 없을 정도일 것이다. 그보다 관람횟수가 많은 '사진작품'을 찾기가 쉽지 않을 게 분명하다. 2명의 대통령이 그의 손에서 빚어졌다고 말하면 지나친 과장일까.

또 하나, 지난 2000년 김대중 전 대통령이 노벨 평화상 수상 자로서 선정된 뒤 노르웨이 오슬로 노벨 평화기념관에 영구보 존용으로 촬영한 인물사진도 그의 작품이다. 그 사진은 당연 히 그 기념관을 들르는 전 세계인이 영원히 보게 될, 그가 남 긴 불후의 역작으로 기록될 것이다.

평온함과 열정, 그리고 따뜻함. 그런 인간적 풍미에 이끌려 어느 날 아버지에 대한 이야기를 청했을 때, 그는 "난 너무 평 범해. 아버지에 대해선 드라마 같은 이야기가 없어"라며 손사 래를 쳤다.

"드라마 같은 이야기만 찾는 게 아니다"고 설득해도 그는 "아직 내 인생이 진행 중이고, 별다르게 아버지에 대한 감상을 꺼내기도 부담스럽다"고 했다. 하지만 박상훈 작가만큼 아버 지에 대해 긍정적인 기억을 담고 사는 사람도 드물었다.

_아버지를 흠모하다

박상훈은 4형제 중에 둘째다. 아버지(1926년~   )는 해방 후 최대 섬유업체였던 태창방직에 다녔다. 그래서인지 영화배우 처럼 얼굴이 잘생긴데다 패션감각도 뛰어나 옷차림에 세련미 가 넘쳤다고 한다. 언제나 깔끔한 모습에 흐트러짐이 없는 단 정한 아버지였다.

아버지라는 이름의 아버지

박상훈이 배우 안성기의 주름을 주제로 찍은 사진

아버지(박길문)의 40대의 핸섬한 모습 (1960년대)

고등학교 2학년 때 설악산으로 수학여행 가서 (1968년)

어린 박상훈이 기억하는 가장 인상적인 아버지는 정장차림에 트렌치코트를 입고 바람을 일으키며 출근하는 모습이다. 아버지는 어린 눈에도 '뭇 여인네들의 애간장을 녹이겠다' 싶었단다. 게다가 아버지는 다정다감했고 자유분방했다.

— 아버지가 그렇게 멋진 모습이었나요?

"한마디로 내가 어릴 때는 아버지가 우상이었어요. 너무 멋있었죠. 당시로선 작지 않은 키에 잘생기고, 그 어렵던 시절에도 옷을 잘 입었고……. 주름깨나 잡던 신사였어요. 게다가 지갑을 꺼내서 돈을 주는 게 취미셨으니, 하하. 호인형이었어요.

아버지 고향은 전주인데, 결혼 후에 서울로 올라와 태창방직에 10여 년간 근무하시다가 내가 중학교 때 퇴직하셨어요. 그후론 보석가게를 운영했죠. 형편이 꽤 괜찮은 편이었어요. 어린 시절이었지만 내가 돈이 없어서 못해본 것은 없었으니까요."

— 어머니가 네 아들을 키우느라 많이 힘들었겠는데요.

"내가 크는 동안에 어머니는 한번도 아들만 있어서 싫다는 말씀을 하지 않으셨어요. 힘든 기색도 하지 않으셨고요. 그래서 주변에서 '참 아들 욕심이 많다'고들 했죠. 어머니는 누가 '딸이 없어서 섭섭하시겠어요'라고 하면 '난 그렇지 않아, 난 아들들이 좋은데' 하셨어요. '딸 키우는 재미를 나는 모르겠지만, 아들보다 딸이 더 예쁘면 어떻게 해. 깨물어버릴 거 아냐' 하고 농담을 하실 정도였으니까.

우리 형제는 3년씩 터울이 졌는데, 막내만 나랑 8살 차이예요. 큰형과 막내는 지금 미국에서 살고 있고, 셋째는 조각가인데 파리에서 돌아와 현재 서울에서 작품활동을 하고 있어요.”

— 어머니는 밖에서도 멋있는 아버지가 그다지 달갑지 않았을 것 같은데요?

“집안에 풍파가 좀 있었죠. 아버지와 어머니는 연애결혼을 했어요. 어머니는 아버지가 바람피우는 걸 알고 계셨어도 다 품으셨던 것 같아요. 어머니는 종종 ‘저렇게 잘난 남편을 어떻게 내가 독차지하겠니?’라고 하셨던 기억이 나요. 그러면서도 가끔 그런 문세로 부부싸움을 하셨어요.

어릴 때 다른 집 아들들은 아버지가 바람을 피우는 것을 가장 싫어했고 어머니 편을 들었다고 하는데, 우리집 아들들은 묘해서 아버지 편을 들었어요. 어머니가 아버지에게 오랫동안 잔소리를 늘어놓으면 ‘좀 그만하시라’고 했으니까. 그래도 그런 세월을 별탈없이 사신 것을 보면 어머니가 그릇이 큰 양반이었어요.”

— 아버지는 성격도 자유분방했다지요?

“내가 중학교에 다닐 때 아버지는 오토바이를 타고 다니셨어요. 그 시절에 국산 브랜드로는 처음 생산한 것이라고 기억되는데, 아버지 등을 뒤에서 껴안고 함께 오토바이를 타고 다녔던 기억도 납니다.

나는 사진을 한답시고 방에다 암실을 만들고, 동생은 조각

한답시고 거실에다 석고상을 가져다 놓고 살았는데 아버지는 그냥 두고 보셨어요."

— 그 시절의 사회적 분위기에선 상당히 개방적인 편이었군요.

"그건 아버지의 기질이었던 같아요. 아버지가 홍도 즐길 줄 아는 분이셨어요. 그러면서도 책임감이 강해서, 어릴 때는 아버지에게 단점이라고는 없는, 정말 완벽한 우상인 줄 알았던 거죠. 그런 아버지와 다투는 어머니가 이상하다는 생각도 했으니까요."

— 그 생각이 온전히 나중까지 이어지던가요?

"점점 커가면서 보니까 아버지도 그냥 남자였어요. 바람도 피고 단점도 있는 남자 말이죠. 그 당시에는 좀 있는 집 남자들은 첩실을 들이는 경우가 많았고, 그걸 당연시하는 풍조도 있었잖아요. 아버지가 둘째부인을 얻은 것은 아니지만 그런 인식이나 풍조 속에 있는 남자였던 겁니다."

박상훈은 초등학교 시절부터 끼를 드러냈다. 친구들과 어울려 다른 동네까지 '원정'을 나가는 날이 많았다. 그게 아니면 늘 그림을 그리거나 뭔가 만들기를 좋아했다.

춤추기도 좋아해 친구들 사이에선 인정받는 '선수'였다. 그의 고백대로 "요즘으로 치면 '날라리'였다." 전축에서 흘러나오는 음악에 맞춰 아버지 앞에서 한껏 재롱을 피우기도 했다. 그런 자유분방함을 허용해준 사람이 아버지였다.

— 아버지가 자식들 교육에 관심이 많았을 텐데요.

"아버지가 하시는 말씀 중에 공부하라는 쪽으로는 별로 없었어요. 그래서 내가 학년이 올라갈수록 공부를 등한히 한 것 같기도 하지만 말이죠. 아버지에게 회초리로 맞은 게 딱 두 번입니다. 한 번은 중학교 때 성적이 좋지 않아서였어요. 그래도 나는 아버지를 원망하지는 않았어요. 잘못했으니까 말이죠.

아버지는 엄한 편이 아니었고, 언제나 내가 하고 싶은 것을 하게 했어요. 그렇게 아버지가 개방적인 분이기는 했지만, 항상 편하게 대화하는 그런 분은 아니었어요. 그 시절 다른 가정의 아버지들처럼 나서기 어렵고 밀을 꺼내기도 조심스러운 아버지였던 것은 분명해요. 그런데도 내게는 아버지에 대해 긍정적이고 밝은 기억이 많다는 것이죠."

— 아버지의 특별한 말씀보다 생활 속에서 보고 느끼는 게 많았다는 얘기군요.

"머리로 받아들인 아버지의 말씀도 삶의 모토가 되지만, 아버지의 생활을 보면서 내 몸이 기억한 것들이 지금은 더 많이 남아 있는 것 같아요. 아버지에게서 시작돼 내게로 흐르는 피, 그것을 '아버지 유전자'라고 한다면, 그건 참 변하지 않는 겁니다. 피는 못 속인다는 말이 나이를 먹어갈수록 절실하게 느껴집니다."

— 자신의 생활에서 아버지의 모습을 보는 듯한 게 많은 모양이죠?

"아버지는 약속을 하면 결코 잊으시는 법이 없었어요. 오래 지난 것들도 기억해내서 우리를 놀래키곤 했어요. 나도 50대 중반에 이른 지금까지 사람들과의 약속을 메모해놓은 적이 없습니다. 약속을 정하면 머리 속에 다 남아 있어요. 그렇게 해서도 약속을 어겨본 적이 없고 시간도 정확히 지키는 편이니, 그건 아주 분명한 아버지의 유산이죠."

— 자유분방했던 아버지인데 아주 책임감이 강하셨군요.

"아버지는 아무리 몸이 아파도 회사에 결근한 적이 없었어요. 직장생활 10여 년 동안 결근 한번, 지각 한번 없었다는 게 참 신기할 정돕니다. 노조위원장까지 했는데 말이죠.

나도 학창시절을 분방하게 살았는데 심하게 아파 며칠 결석한 것 빼곤 결석한 적은 없어요. 더 신기한 것은 그런 유전자를 나만이 아니라 4형제가 모두 똑같이 물려받았다는 겁니다."

— 아버지에게서 적성도 물려받았나요?

"내가 사진을 업으로 삼았고, 셋째가 조각을, 막내도 고등학교 때 무용을 하다 미국에 가서 도예를 전공하기도 했으니까, 네 아들 중에 셋이나 예술분야에 적성을 가진 겁니다. 그건 아버지가 그만큼 자유로운 생각을 갖고 있었기 때문에 가능했다는 생각이 들어요.

잠재적인 끼도 아버지 것이죠. 집안에 특별히 예술 쪽으로 진출한 사람은 없었지만, 아버지는 한량이라고만 할 수는 없

는 남다른 감각을 갖고 있었어요. 그래서 나는 지금도 '예술
은 하라고 해서 되는 게 아니라 타고나는 것'이라고 믿는 쪽
입니다."

_남을 아름답게 해주는 직업

박상훈은 학창시절에 성적보다는 '하고 싶은 것'에 더 관심
이 많았다고 한다. 친구들과 영화와 음악을 섭렵했고, 멋스런
나팔바지로 여학생의 눈길을 끌려했던 끼 많은 학생이었다.
  고등학교에 올라가면서 책을 가까이 하기 시작했다. 형편이
넉넉해서 사고 싶은 책은 다 사볼 수 있었다. 문학작품들과 필
독 교양서를 읽는 게 그가 학창시절에 해둬야 한다고 판단한
'공부'였다. 물론 괜찮다 싶은 문장이나 시 구절은 어김없이
연애편지에다 인용했고, 등하굣길에 버스에서 만난 여학생을
유혹하는 일도 빠지지 않는 그의 과업이었다.

"이러다 '피는 못 속인다'는 말이 또 나오겠군요(웃음). 내가
멋이라면 한멋했어요. 고등학교 때는 나팔바지가 유행이었어
요. 대개는 나팔바지의 주름을 앞뒤로만 잡는데, 나는 바지의
옆면으로 또 한번 주름을 잡아 사각주름을 내서 입고 다녔죠.
  그때 내 별명이 '옥스퍼드'였어요. 최고급 신사복 기지였던

옥스퍼드로 교복을 맞춰입고 다녀서 생긴 겁니다. 누가 그렇게 하라고 일러준 것도 아닌데 내가 알아서 맞춰입었어요. 그것 역시도 아버지에게서 알게 모르게 물려받은 겁니다."

— 1970년대에 사진을 전공한다는 것이 평범한 선택은 아니었던 것 같은데.

"내가 사진학과를 간다고 하니, 아버지가 존중해주셨어요. 아버지가 그러더군요. '예술가는 남에게 피해를 주는 직업이 아니다. 남을 아름답게 해주는 직업이다. 직업상 거짓말을 해야 하거나, 남에게 피해가 가게 하거나, 남의 것을 빼앗아야 하는 직업이 아니라서 좋다. 정치는 남을 속이기도 해야 하고, 의사는 피를 봐야 하는데, 너는 매일 아름다운 것을 생각하고 아름다운 것만 보여주려고 하는 것 아니냐' 고 말이죠. '딱 네 성격에 맞는 것을 한다' 고 말해준 게 정말 격려가 됐어요.

당시는 대학에 사진학과가 있다는 것도 잘 알려지지 않았을 때였어요. 중앙대학교에 사진학과가 처음 생긴 72학번 1회로 들어갔어요. 내가 사진을 하는 것에 대해서 인정해주고 격려해줬다는 것, 그래서 아버지에 대해 너무 좋은 기억만 갖게 된 게 아닌가 싶기도 해요."

— 그렇게 좋은 기억만큼 아버지에게서 성격적인 유전자도 물려받았나요?

"그렇지는 않은 것 같아요. 유전자라는 게 꼭 같은 종류로만 진화하는 것은 아니죠. 돌연변이도 있듯이 말입니다. 내게는 독특한 성격이 있어요. 모든 것을 나 혼자 결정하는 겁니다. 힘든 고비에선 아버지나 가족들, 주변사람들과 상의를 하면서 결정해야 하는데 나는 모든 것을 혼자 결정했어요.

그렇다고 아버지와 사이가 멀었던 것도, 극히 대화가 없었던 것도 아니었는데, 내 성향이 그랬어요. '무소의 뿔처럼 혼자 가라'는 듯이. 누가 시킨 것도 아닌데, 진로 결정과 배우자 결정까지 대부분의 문제를 혼자서 씨름했어요."

'무소의 뿔'은 그의 작품관에서 더 도드라진다. 박상훈은 1986년과 1994년 두 번에 걸쳐 〈우리나라 새벽여행〉이라는 개인전시회를 열었다. 그가 '새벽'을 만나기 전까지 그 미명의 시간은 사진작가들의 주된 관심이 아니었다. 그의 말대로 "새벽은 마치 '잃어버린 시간'처럼 도외시된 듯했다."

"엄연히 존재하지만 관심을 받지 못했던 시간, 사진을 통해 그 시간의 아름다움을 보여준 작품들이 없었던 게 작업을 하게 된 동기라고 할 수 있죠. 일반인들도 '새벽'하면 잠이 덜 깬 채로 출근해야 하는 피곤한 시간쯤으로 여기고 있잖아요. 잃어버렸던 기억을 일깨워주는 것처럼 새벽여행은 사람들에게 그것을 볼 수 있는 기회를 제공한 셈이죠.

새벽여행은 새벽이라는 한정된 시간을 위해 표현됐어요. 시간을 '시각화'시켰다고나 할까요? 똑같은 장소라도 시간에 따라 분위기는 커다란 차이가 있습니다. 그만큼 시간이 주는 의미가 큰데 내 전체작업에서 '새벽여행'은 사진으로 시간을 담아낸 작업이라고 할 수 있겠지요."

똑같은 피사체를 놓고 똑같은 뷰파인더로 포착한 것일지라도 그 사진은 작가의 의식에 따라 전혀 다른 작품이 된다. 박상훈은 사람들에게 너무나 눈에 익은 새벽풍경을 전혀 다른 세상의 새벽으로 다가서게 해주었다. 인식의 선입견뿐만 아니라 감각의 관성을 여지없이 깨뜨려버렸다.

그의 대표 브랜드가 된 새벽여행은 그만의 작가적 감성으로 찾아낸 새로운 '한국의 미(美)'였다. "소재나 빛에 대한 고정관념을 없앴고, 풍경사진에 대해 새롭게 해석할 수 있게 됐다"는 그의 자평에 고개를 끄덕일 수밖에 없는 것이다. 그는 첫번째 전시회 무렵 한 언론 인터뷰에서 이렇게 설명한 적이 있다.

새벽여행길에서 좋은 소재를 만나 촬영에 몰두할 때면 나라는 존재조차 의식 못할 때가 많다. 뭐랄까. 무아의 경지, 절대자유가 바로 이런 게 아닐까 싶다. 이런 소중한 체험들이 나를 행복하게 한다.

남들은 내 작품을 보고 '부지런해야 찍을 수 있는 사진들'이라고 말하며 '고생 많이 했겠다'고 덧붙인다. 좋아서 하는 사진이지만 이른 새벽 단잠을 깨야 한다는 것은 나에게 그렇게 쉬운 일은 아니다. 더구나 추운 겨울날이나 먼 여행길에서 피로에 지쳤을 때는 작품에 대한 의욕이 사그라지기도 한다.

　나는 부지런해서 사진을 찍는 것은 결코 아니다. 다만 사진을 찍기 위해 부지런할 뿐이다. 좀더 부지런했다면 더 좋은 작품을 보여줄 수 있었으리라. 내가 새벽을 만날 수 있다는 것은 내가 새벽일 수 있을 때뿐이다.

　'무소의 뿔' 같은 그의 뚝심은 2006년 8월에 가진 개인전 〈who are you〉에서도 신선한 파격으로 나타났다. 내로라하는 대중스타 18명의 모습을 남은 작품들이었는데, 앞모습이 아니라 뒷모습이었다. 그나마 빼어난 뒷태를 강조하는 게 아니라 너무 꾸미지 않아 도무지 '스타'라고 표현해야 할지 헷갈릴 정도의 일상성을 강조한 작품들이었다.

　평상복 차림의 안성기, 송강호, 김혜수, 이효리, 문근영, 김주혁, 이보영 등이 무장해제가 돼버린 모습으로 전시회에 내걸렸다. 주름이 난무하는 옷을 입은 게으른 표정의 송강호, 옆집 누이가 아이스크림을 사러 조르르 집앞 가게로 갈 때를 연상케 하는 청바지 차림의 이효리…….

　당시 그 전시회를 보면서 나는 혼자 피시피식 웃고 다녔다. 촬영할 때 풍경을 굳이 보지 않아도 알 만해서였다. 그의 '엉뚱한 주문'에 그 까칠한 스타들이 얼마나 황당한 표정을 지었을까.

그렇게 스타들을 망가뜨려놓고도 그의 해명은 간명했다. "사진을 찍다 보니 뒷모습이 앞모습보다 더 진솔하다는 것을 느꼈다"는 것뿐이다. 인물사진에 관한 그의 지론이 있다. '꾸미지 않아야 아름답고, 평범해야 돋나 보이고, 솔직해야 인간미가 난다.'

사실 박상훈이 표현하는 솔직함의 충격은 어제오늘의 일이 아니다. 그는 1994년 뉴욕 광고페스티벌의 브로슈어 부분에서 국내 대기업의 숙녀복 브랜드의 팸플릿으로 금상을 받았다.

뉴욕 광고페스티벌은 칸 광고제, 시카고의 클리오 광고제, 런던 광고제 등과 더불어 세계 4대 광고축제의 하나로 꼽히는 권위 있는 행사다. 시장개방과 국제경쟁력이 강조되던 시절에 한국인으론 처음 메이저 대회의 금상을 받았으니 언론의 주목을 받는 것은 당연했다. 그와의 인연도 거기서 시작됐다.

그로부터 2년 뒤인 1996년쯤 우연히 그의 스튜디오에 들렀다가 눈길을 확 붙드는 사진에 몸이 굳고 말았다. 남녀의 누드를 담은 대형사진이 한쪽 벽을 장식하고 있었다. 여성 누드의 주인공은 처음 보는 얼굴이라서 신분확인이 되지 않았지만, 남성 누드의 주인은 알 수 있었다. 박상훈 작가 자신이었다.

헛헛 웃음을 지으며 "뭐 그리 대단한 몸매도 아닌데 누드까지……"라고 농을 걸었는데, 그의 대답이 또 한번 내 뒤통수를 쳤다. "내가 솔직하지 않으면 다른 사람에게도 솔직한 것을 요구할 수 없잖아."

아버지라는 이름의 아버지

그 누드사진은 8년의 시간이 흐른 뒤인 2004년 전시회에도 내걸렸다. 사진을 찍는 형 박상훈과 조각을 하는 동생 박상희가 함께 준비한 〈서울의 사진, 파리의 조각〉이라는 전시회였다. 동생은 사람들이 쓰다만 시멘트, 유리 같은 잡동사니들로 인간 형상을 재구성했다. 형은 나무, 바위처럼 자연 속에서 인간을 찾았다. 형제가 함께 찾아간 인간미, 거기에 가족이 있었다.

_아버지의 유산, 가족에 대한 집착

아버지가 물려준 유전자는 대부분 어린 시절 기억을 통해 형성된다. 특히 성장환경이 자연스럽게 만들어준 무형의 유전자가 나중의 삶을 더 많이 좌우하는 경우가 많다.

박상훈은 가족에 대한 집착이 매우 강한 편이다. 그는 30세인 1982년에 결혼했다. 3년 뒤에 딸을, 다시 3살 터울로 아들을 낳았다. 그는 결혼 전부터 인생의 성공에 대해 나름의 판단 기준을 마련해놓고 있었다고 한다. "자기 분야에서 성취하는 것은 물론이고, 가장으로서 화목한 가정을 완벽하게 만들어야 그게 성공"이라는 것이다. 그는 "가족이 내 이데올로기"라고도 했다.

"밖에서 성공했더라도 가정에서 불화가 깊고 가족들과 대화가 없는 냉랭한 생활을 하고 있다면, 그게 무슨 성공이냐. 일에는 성공하고, 가정은 실패하고? 그건 인생에서 자신의 성공을 이뤄낸 게 아니다. 그런 생각이 그 시절부터 확고했어요. 일 때문에 가정이 희생되는 것을 인정할 수 없고 바라지도 않아요."

— 그런 생각을 갖게 된 계기가 있었나요?

"뚜렷한 계기가 있어서 그랬던 게 아니라, 어릴 때 화목하고 단란한 가족들의 분위기 속에서 성장했다고 생각해서 그런지 자연스럽게 커서도 그런 가족에 대한 집착이 강하게 생겨난 것 같아요.

형제들과의 관계만 봐도 그렇게 서로 개구쟁이로 자랐지만 지금 형제애는 남다르게 깊거든요. 아내가 연애시절부터 '당신은 가정 하나는 확실히 챙길 사람'이란 얘기를 했을 정도였으니 평소 생활에서 그런 생각이 드러난 거겠죠."

— 아버지가 직장생활을 하던 1960년대에는 가정과 일의 공존이 가능했을지 모르지만, 산업사회가 본격화되면서 그러기는 쉽지 않은 시대가 됐어요. 그것 때문에 많은 아버지들이 갈등하고 있을 게 분명하고요.

"사진작가들은 스튜디오에서도 밤샘작업을 할 때가 많고, 예술작업이라는 게 혼자 고투해야 하는 특성을 갖고 있어요. 하지만 나는 '예술을 하니까 가정에는 신경쓰지 못한다'라는 식의 생각을 스스로 용납하지 않았어요. 그래서 일만이 아니

아버지라는 이름의 아버지

라 가장의 역할도 지금까지는 후회 없이 해왔던 것 같아요."

— 작품을 위한 바깥활동이 많아서 가족들의 일을 꼼꼼히 챙기기가 쉽지 않았을 텐데.

"물론 그렇지요. 아이들이 어렸을 때는 한창 새벽을 찍으러 다녔어요. 그때도 가족을 자주 데리고 다녔어요. 당시 3~4살이었던 큰딸은 늘 새벽여행의 동행자였어요."

— 아이들과 시간을 많이 보낸다고 바람직한 환경을 만들어 줄 수 있는 것은 아닌 것 같은데요.

"아버지가 그랬던 것처럼 나도 아이들을 자유로운 사고 속에서 성장했으면 좋겠다는 바람이었지요. 아이들에게 창의적인 환경을 심어주려고 한 것도 있지만, 내가 아이들에 대해 목표로 삼은 것은 '아이들이 시집 장가를 가서도, 어쩌다 아버지와 오랜만에 만나도 소통이 단절되지 않는 관계를 만들어야 한다'는 것이었어요. 모든 고민을 털어놓을 수 있는 친구 같은 아빠로 기억되기를 원했어요.

하지만 잘못한 것에 대해선 아주 엄격하게 대했죠. 공부와 관련한 것에서 그랬던 적은 없어요. 주로 생활태도, 예절, 주변에 대한 배려심 등에서 그랬어요. 어떤 때에는 매를 들기도 했고요. 그런 경우에는 아이가 합리적으로 수용할 수 있게 설명을 해줘야 해요. 그래야 '의식'이 끝나면 금방 나와 우스갯소리를 할 수 있게 되죠."

— 그런 방식에 회의한 적은 없었나요?

"가끔 내가 매를 들 때면 아내가 '요즘 아이들은 그렇게 키우면 안 된다'고 불만일 때가 있었죠. 나 자신도 아이들이 민감한 사춘기에 접어들면서 교육방법이 잘못된 게 아닐까 생각한 적도 있었고요.

하지만 잘못한 것에 엄하게 대응하는 것을 계속했어요. 큰딸은 나중에 '엉덩이에 굳은살이 박여서 맞아도 안 아프다'며 웃기까지 할 정도로 뒤끝이 없었어요."

— 부모에게 그런 교육을 받았거나, 어릴 적에 그런 경험을 한 것도 아니었는데.

"내가 그렇게 자라지는 않았지만, 성인이 된 이후 교육에 대한 관심이 참 많았어요. 여러 경험담과 책을 통해서 자식과 합의하에 절제된 매를 드는 것은 문제가 되지 않는다는 나름의 확신이 있었어요. 물론 아버지의 회초리는 폭력이 아니라 엄격한 교육이라는 것을 설명해서 아이들이 인정할 수 있어야 되겠죠. 그래서인지 아직까지는 큰 문제 없이 아이들이 자라줬어요. 아빠와 소통에도 별다른 문제가 없는 것 같고.

특히 큰딸이 제 남동생의 생활교육을 다 알아서 시킵니다. 아들은 누나가 엄하게 하면서도 잘해주니까 꼼짝하지 못해요. 누나가 자기를 정말로 사랑한다는 것을 알고 있는 거죠."

박상훈은 두 자식을 모두 캐나다로 아내와 함께 조기유학을 보냈다. 딸은 고등학생, 아들은 중학생 때였다.

— 아이들의 조기유학을 결정한 이유가 궁금합니다.

"거창하게 얘기하면 한국교육의 문제 때문입니다. 요즘 '대치동 엄마'들은 초등 6학년인 아이들을 학원에서 12시까지 공부시킨다고 하더군요. 그 얘기를 듣고 충격을 받았어요. 어떻게 12살, 13살 아이들을 그 시간까지 공부를 시킵니까. 아동학대에 해당하는 행위 아닌가요. 설령 그렇게 해서 이른바 명문대에 간다고 한들 그 대학들은 경쟁력에서 세계 100위권 안에도 못 들잖아요.

우리 교육은 '초등학교 때부터 죽어라 공부하고, 대학 가서 놀아라' 하는 식이죠. 하지만 선진국 방식은 '성장기에는 제 나이에 맞게 경험하고 놀아라. 하지만 대학에선 죽었다고 복창하라'는 것입니다. 그런 상반된 현실을 인정하고 아이들을 공부시키려니 도저히 납득할 수가 없는 거예요."

— 대부분 그런 문제를 인식하면서도 대안이 없어서 대세를 따르고 있는 것 아닌가요?

"둘째는 창의적이기는 한데, 한국적 교육상황에 놓인 교사들의 기준에서 보면 이상한 놈만 되겠더라고요. 아이들의 성적만 올린다고 창의성을 길러줄 수는 없지요. 그건 죽은 교육이지 않습니까. 그래서 보내기로 결정했어요."

— 일찍 외국에 내보낸 게 지금은 잘했다 싶은가요?

"솔직히 그래요. 큰딸은 토론토 대학에서 정말 공부다운 공부를 하고 있다고 얘기해요. 교수들은 어떻게 하면 학점을 짜

아버지라는 우상

게 줄까 고민한다는 생각이 들 정도로 공부를 시킨다고 얘기해요. 딸이 그렇게 세계적인 대학에서 살아남으면 나름의 경쟁력이 생기지 않겠나 싶어요. 딸도 만족하고 있고요."

— 엄마가 함께 있기는 하지만 아빠 없이 떨어져 살면서 어려운 점이 많을 텐데.

"아들에게 미안할 때가 있어요. 언젠가 아들이 전화를 걸어왔는데 그곳 시간으로 새벽 3시더라고요. 깜짝 놀라서 왜 그러냐고 했더니 친구들이 게이라고 놀린다는 거예요. 아들이 '아빠, 저 게이예요?' 라고 묻습니다. 너무 당황스럽더라고요. 그리고 어떻게 하면 게이가 되는 거냐고도 물었어요.

전화로 얘기할 문제가, 또 상황이 아니라는 생각이 들었어요. 엄마나 누나에게는 말하지 못하는 고민으로 끙끙 앓다가 아빠에게 구조요청을 한 셈이죠."

— 심각한 상황이었겠군요.

"당장 밴쿠버행 비행기를 탔어요. 아들은 어려서도 주변에서 '예쁘장하게 생겼다'는 얘기를 자주 들을 정도로 서구 미남형이었어요. 그래서 친구들이 놀린 겁니다.

그곳에 도착해 아들과 둘이서만 얘기하는데, 아들이 초등학교 4학년 때 남자친구랑 뽀뽀해본 적이 있다고 얘기하더군요. 그냥 호기심에 해본 것인데, 이제 와서 친구들이 여자처럼 예쁘게 생겨서 그냥 놀리는 말로 게이라고 하니까 지레 어릴 적 생각이 나서 걱정을 한 겁니다.

그래서 내가 '야, 너는 게이 아냐. 아빠도 어린 시절 성에 대한 호기심이 싹틀 때 여자친구에게는 뽀뽀하지 못하고 남자친구에게 한 적이 있었어. 그건 하나의 성장과정이지 게이나 레즈비언이어서 그런 게 아니야'라고 설명해주었어요. 그제야 아들이 안심을 하더군요.

그런 얘기를 그곳에선 털어놓고 할 상대가 없었던 겁니다. 그때 아들에게는 아버지가 있어야 한다는 것을 느꼈어요."(그 아들도 2008년 토론토 대학에 입학했다.)

— 혼자 남은 아버지, 기러기 아빠도 힘들었을 텐데.

"가족이 곁에 없다는 상실감이 처음에는 무척 컸어요. 매일 저녁이면 볼 수 있었던 가족을 이제 볼 수 없다는 것 때문에 우울증에 걸릴 뻔했죠. 그래서 술을 마시게 되고, 집에서 혼자 울기도 했어요. 도저히 안 되겠다 싶어서 작심하고 술을 끊었어요. 아이들도 적응을 잘해 나가는 덕분에 안심이 되니 어느 정도 활달하게 잘 적응해 나가게 되더군요."

그는 일반적인 작가라는 부류의 사람들과는 확연히 다른 가족관을 갖고 있다. 그런 인식은 그의 작품생활에도 그대로 반영된다. 그는 "예술가는 자신을 버려야 뭔가 찾는 것 아니냐"는 물음에 "내가 작품을 위해 가족을 버리지 못하는 것은 책임감 때문이다. 아버지가 가장으로서 책임감이 강하셨다"고 답했다.

그는 아버지가 자신에게 미친 영향 중에 "일부러 안 배우는 것과 나도 모르게 배운 것, 두 가지가 있다"고 했다. 저도 모르게 배운 것이 가정에 대한 책임감이라면, 안 배운 것은 "부부 문제로 아이들 앞에서 다투는 일"이라고 했다. "외도 문제는 아내에게 상처를 주면 당연히 안 되는 것이어서 배우지 않은 것이기도 하지만, 그 영향이 아이들에게 갈까 봐 여태껏 긴장하고 살아왔다"고 했다.

— 그렇게 강한 가족에 대한 집착이 작품에도 투영되는지요?

"분명히 있어요. 작품에는 작가의 내면에 잠재된 게 모두 드러납니다. 어거지를 써서는 나올 수 없는 것들이죠. 〈새벽여행〉이라는 개인전을 준비하면서 나도 처음엔 놀랐어요. 난 천방지축 고삐 풀린 망아지처럼 자유분방하게 살아왔는데, 내가 찍은 사진들은 모두가 조용하고 평화로운 겁니다. 친구들도 나의 첫 전시회를 보고 놀라더군요.

나의 어린 시절을 기억하는 사람은 내가 상당히 외향적인 성격이라고 기억합니다. 그런데 사진을 보면 전혀 다른 이미지로 다가오는 거죠. 나도 한동안 내 사진을 보면서 '어떻게 저렇게 나왔지' 하는 생각이 들었어요.

그런데 보면 볼수록 내 작품이고, 그럴 수밖에 없다는 생각이 들었어요. 황량한 새벽이 아니라 굉장히 따뜻한 새벽, 따뜻한 가족들과 평온하게 살아온 내면의 심성이 새벽을 그렇게 바라보게 한 거죠. 세상을 비틀어보지 않고 밝게 보는 앵글이 만들어진 겁니다. 거슬러올라가면 그게 아버지의 유산이죠."

— 모진 삶을 살아야 세상의 실체를 파악하고, 진정한 작품이 나온다는데.

"나는 어떤 면에선 트라우마(內傷)가 없는 게 예술가로서의 단점(장점일 수도 있다)이라고 생각할 때가 있어요. 내게는 어린 시절 고난을 겪어 사람에 대해 일찍 눈을 떴다든가 하는 그런 게 없어요. 하고 싶은 대로만 하고 살았고, 심각하게 세상을 고민하지 않고 살았으니까요. 뭔가를 못해서 가슴에 한이 맺히고 그런 게 없었어요. 다만 그렇기 때문에 내가 가진 것들은 그런 작가들이 흉내낼 수 없는 것들이라는 생각을 하기도 하죠."

— 어떤 아버지로 기억되고 싶은가요?

"내가 아버지에게 배운 것은 대화를 많이 나눠서 영향받은 게 아닙니다. 아버지의 성실한 생활을 보고 내가 체득하게 된 것들이죠. 말은 꾸밀 수 있지만, 일상생활은 저절로 드러나는 것입니다. 아무리 감춰도 어느 순간 나오게 마련입니다.

내가 가정에서 가장 중요시하는 것은 부부가 사랑하는 모습을 보여주는 것입니다. 그 이상의 교육적인 게 없다고 봅니다. 가장 좋은 생활의 모습이 가장 좋은 교육인 거죠. 나는 그런 생각을 확고하게 갖고 있어요. 부부 사이가 좋지 않으면서 어떻게 아이들에게 좋은 모습을 보여주겠어요. 그러면서 어떻게 아이들이 잘 자라기를 바라겠어요. 부부가 다투면서 '너희는 상관없는 일이니까 신경쓰지 마'라고 하면 아이들이 납득할 수 있나요. 아이들이 기억하고 싶은 부모의 모습, 그건 100% 화목한 가족의 모습일 겁니다."

박상훈 작가는 아버지 유전자의 긍정적 역할에 큰 확신을 갖고 있었다. 특히 가족이라는 가장 작은 단위의 사회에 대한 아버지 유전자의 역할에 절대적인 믿음을 보여주었다.

흥미로운 것은 그가 찾아낸 긍정적인 힘이 유전자 자체에 있는 게 아니라, 유전자가 발현된 상황이라는 점이다. 아버지의 성향이 아니라 아버지가 만들어준 환경과 분위기를 그는 '유전자'로 표현하고 있는 것이다. 아버지가 물려준 무형의 유전자는 피를 통해서가 아니라 생활로 전이되는 성질을 지닌 것이다.

진짜 아버지와
대체 아버지

– 한국출판마케팅연구소 소장 한기호

……한기호는 젊은 시절 '아버지처럼 살지 않겠다'고 다짐했을 것이다.

그게 쓰러질듯 쓰러질듯하면서도 스스로

제 상투를 잡아 몸을 일으켰던 동력이었을 것이다.

그가 아버지를 통째로 부정해도

유산으로 인정할 수밖에 없는 게 한 가지 있다.

바로 술이다.……………

한기호

1958년 경북 월성 출생. 공주사대 재학중 시위주도 혐의로
옥살이를 한 뒤 출판영업·기획자로 활동하다 1997년부터 한국출판마케팅연구소
를 운영하고 있다. 대표적인 출판비평가로 주목받고 있으며 학교도서관 문화운동
에도 참여하고 있다.

　2000년의 문이 열릴 즈음 서평을 담당하는 기사로 한기호 한국출판마케팅연구소장을 처음 만났다. 그때까지도 외환위기의 여진이 무시로 한국사회를 뒤흔들고 있었다. 구조조정, 신지식, 경쟁력, 속도, 변화 등의 단어들이 '가만히 있으면 죽는다'고 위협하던 시절이다.

　출판계도 예외가 아니었다. 인터넷의 위력과 온라인 유통망의 기세가 두 개의 천년 동안 이어져온 종이책의 역사를 삼켜버릴 것 같았다.

　출판평론가인 한 소장은 그런 때에 마치 '책의 살길'이라는 제목의 활극영화에서 가장 예리한 칼을 휘두르는 전사(戰士) 같았다. 종이책의 운명을 혼자 짊어지라고 계시라도 받은 것처럼 종횡무진 전장을 누볐다.

　그는 작가 이문열 씨가 "5년 이내에 전자책이 적어도

60~70%는 차지할 것"이라고 하자, "전자책이 일시에 종이책의 자리를 대체할 수는 없다"고 '맞짱'을 떴다. 온라인 서점들이 할인전략으로 도서정가제를 위협할 때도 맨 앞줄에 서서 어깨를 걸었다. 베스트셀러를 만들려는 일부 출판사들의 사재기 풍토를 질타하더니, "한국소설의 위기는 비평의 신뢰성 상실에서 온다"면서 찬사 일변도의 '주례사비평'에 직격탄을 날려 문학계에 파문을 일으키기도 했다.

저마다 나름의 지론으로 왕성하게 전선을 넓혀가는 논객들을 여럿 봐왔지만, 그처럼 아슬아슬한 전투로 진을 빼놓는 '싸움닭'은 처음이었다. 이름깨나 알려진 작가, 편집자, 출판사 사장들과 벌이는 논쟁을 그는 정말 '일삼았다.'

싸움판이 커질수록 그의 주변은 온통 적(敵)이었다. 그와 소주잔을 기울이는 횟수도 덩달아 늘어갔다. 그가 정제된 글로 표현하는 비판만 해도 온몸이 움찔거릴 지경인데, 사석에서 풀어놓는 그의 격한 분노는 들어주기도 버거울 정도였다. 일부러 정색하고 "형! 공장 얘기가 지겹지도 않나, 그만합시다!"라며 말을 끊어도 그의 초점은 언제나 책으로 돌아왔다. 길어야 10분을 넘기지 못했다.

하기야 한창 전사로 이름을 날리던 당시 그는 한 달에 평균 200자 원고지 500장, 1년에 6,000장 정도를 썼다고 한다. 아무리 호의적으로 봐줘도 그는 세상에 뒤틀려버린 '먹물'이거나, 아니면 무사안일하게 사는 데는 선천성 장애가 있는, 정히 그게 아니면 '책귀신'이 붙어버린 미친 사람이었다. 불광불급(不狂不及), 미치지 아니하면 도달할 수 없다고 하지 않았던가.

한데 무엇이 그를 책에 미치게 만들었을까. 그는 좀처럼 가족 이야기를 꺼내지 않았다. 그와 나눈 술잔들이 늘어가면서 설핏설핏 그의 삶을 엿봤지만 오로지 책으로만 존재증명이 가능한 삶, 그게 아니면 '컴플렉스의 화신(化身)'이 되고 마는 삶을 이해하기에는 한참 모자랐다.

그러는 사이 한 소장은 인생의 사건현장을 증거훼손 없이 보존하고 싶었던지 《열정시대》(2006년)라는 자서전을 냈다. 그를 볼 때마다 '뭐 하나 제대로 하는 게 없는 58년 개띠'라며 불경한 언사를 해댔던 터라, 일독해야 한다는 부채 같은 마음이 있었다. 하지만 꽤 시일이 지난 뒤에야 '속죄하는 마음'으로 책을 구입해 몇 줄 눈흘김을 하는데, 한 대목에서 시선이 멈춘 채 더 나아가지 못했다.

진짜 아버지와 대체 아버지

열정이 없으면 하는 일마다 지겨운 노역이다. 하지만 열정이 있으면 아무리 힘들어도 놀이고, 유희다. 나이 같은 건 상관없다. 열정이 있으면 반백의 초로도 청년이다. 싱싱한 젊음의 비밀은 열정이다. 나를 바꾸고 세상을 바꾸겠다는 열정 말이다. 그 열정 속에서 정신도 자라고 신념도 자란다.

열정. 더없이 매력적인 말이다. 하지만 내게는 '미친놈'이란

대학시절의 한기호

2000년 정병규 선생과 함께 일본 도쿄를 방문했을 때 모습

1992년 한 출판 행사장에서 함께한 염무웅, 김윤수, 백낙청,
한기호 (왼쪽부터)

뜻으로 읽혔다. 싱싱한 젊음의 비밀은 미치는 것이다. 미쳐야 나를 바꾸고 세상을 바꾼다. 뭔가에 미치면 정신도 자라고 신념도 자라지 않는가 말이다.

갑자기 한동안 제쳐두었던, 그를 미치게 만든 사연이 궁금해졌다. 그 즉시 '이번엔 끝장을 보리라' 작정하고 그에게 전화를 넣어 소주잔을 부딪쳤다. 그가 새롭게 꺼내놓는 이야기 속의 한기호는 내가 어설프게 짐작하고 있던 그가 아니었다. 아주 낯선 사람, 적어도 아버지에 관한 한 그러했다.

그는 "내게 아버지가 두 분이 계시다"고 했다. '진짜 아버지'와 '대체 아버지'다. 그는 고행 같았던 성장사와 시대가 할퀸 상처를 감내하면서 끝없이 스스로를 담금질하는 생존력으로 버텨왔다. 이 풍진세상에서 사는 법을 터득하기까지 그에게는 '두 아버지'가 있었던 것이다. 책에 미치게 된 사연도 거기서 시작됐다.

_파더 콤플렉스

다짜고짜로 "왜 아버지가 둘입니까?"라고 물었다. 술이 몇 순배 돈 뒤였다. 그는 "내 아버지?" 하며 술잔을 내려놓더니, 진중한 목소리로 이렇게 얘기했다.

"언젠가 아내가 '당신은 파더 콤플렉스(farther complex)가 있다'고 합디다. 그 말이 옳았어요. 나는 진짜 아버지의 사랑을 받지 못하고 살았어요. 어쩌면 많이 증오하면서 성장했고, 지금도 그러고 있는지 몰라요. 그걸 아내가 '파더 콤플렉스'라고 표현한 겁니다. 그때 아내가 '그래서 당신은 아버지가 또 한 분 있어야 한다'고 했죠. 내 진짜 아버지는…… 아직 생존해 계시지만 말이죠. 우리끼리는 또 다른 그분을 대체 아버지라고 부릅니다."

도대체 무슨 사연이 있어서 자식이 생부(生父)를 두고 콤플렉스 운운하는가. 설령 아무리 못마땅한 아버지였더라도 '대체'라는 말을 쓸 것까진 없지 않은가. 그렇게 한다고 부자관계를 부정할 수도 없지 않은가. 그런 평범한 사람들의 생각들을 떠올리면서 그의 말을 들었다.

한기호는 고향이 경북 월성인데, 가족이 이사를 하는 바람에 초등학교 1학년 때부터 평택에서 자랐다. 장남이었고, 집안형편이 어려웠다. 그가 아버지에 대한 기억을 한 가지로 정리해버린 사건이 초등학교 2학년 때 벌어졌다고 한다. 검정고무신이 화근이었다.

어린 한기호는 아버지가 새로 사준 검정고무신을 학교에 신고 간 첫날에 잃어버렸다. 하는 수 없이 담임선생님의 실내화를 빌려 신고 잔뜩 겁먹은 얼굴로 훌쩍거리며 집에 돌아왔다.

그때 아버지는 생활이 막막해 고향의 동생에게 돈을 좀 부쳐달라는 편지를 써놓고도 우표 한 장 살 돈이 없어 망연자실 마루에 앉아 계시다가 그 꼴을 보았다.

"아버지가 참담한 심정으로 앉아 있는데, 글쎄 장남이란 놈이 기껏 생각해서 사준 신발을 첫날에 잃어버리고 울며 들어오니 얼마나 화가 났겠어요. 당신 신세도 그런데 그 모습을 보니 울화가 치밀어올라 그냥 아들을 쥐팬 거죠. 난 물바가지를 뒤집어썼고 홀딱 벗겨져서 쫓겨났어요.

한참을 밖에 서 있다가 어찌어찌 집에 돌아왔는데 아버지가 내게 옷을 입히며 학교에 가자고 합디다. 같이 가서 신발을 찾아오자고 말이죠. 그러시면서 '그런 학교는 때려치우라'고 했어요.

곧장 학교에 갔더니 담임선생님이 왜 왔느냐고 하셔서 정말 '학교 그만두려고요'라고 했어요. 아버지가 그랬으니까요. 선생님은 껄껄 웃기만 하고, 아버지와 술 한잔하러 나가시더군요. 아마 외상을 했겠죠. 두 양반 모두 코가 비뚤어지게 마셨을 겁니다. 그 술값이면 고무신 스무 켤레는 샀을 텐데."

— 그게 아버지에 대한 자식의 마음을 근본적으로 흔들어놓을 만한 사건은 아닌 것 같은데요.

"아버지가 자식에 대한 애정이 없다고 생각한 적은 없어요. 이 양반은 기본적으로 장남은 가정을 다 책임지고 앞장서서

진짜
아버지와
대체
아버지

이끌고 가야 한다고 생각하신 분이니까. 자기 인생을 희생해서라도 그래야 한다고 생각하셨어요. 아버지 인생도 거의 그렇게 살았고요. 그런데 장남이라는 놈이 하고 다니는 꼴을 보니 욱했겠지요.

하지만 그때의 아버지 모습이 지워지지 않았어요. 내 마음을 심하게 베어버린 겁니다. 고무신을 잃고 온 아들에게 아버지가 대응한 방식이 어린 마음에도 뭔가 상당히 불합리하고, 폭력적이고, 도무지 아물지 않는 어떤 상처를 만든 것이죠."

— 그 시절의 부모들은 대부분 그런 가부장적인 사고를 갖고 있었고, 거기서 비롯된 행동을 하지 않았나요? 부모자식 간에도 인격적인 태도를 보여줄 여유가 없었던 시절이니까요.

"물론 그렇지요. 하지만 아버지의 폭력성은 제게 감당하기 힘든 것이었나 봅니다. 평택중학교를 졸업한 뒤 구미에 있는 금오공고를 가려고 했어요. 학비가 들지 않는다는 게 가장 큰 이유였죠. 하지만 그때는 키가 작아서 신체검사를 통과하지 못했어요. 그래서 철도고등학교에 시험을 쳤어요. 상당히 경쟁이 심했는데, 거기서도 체력장 시험에서 점수를 까먹는 바람에 고배를 마셨어요.

결국은 도리 없이 인문계인 평택고등학교 입학원서를 쓰고 집으로 갔죠. 그때도 아버지에게 심하게 맞았습니다. '네가 무슨 돈이 있어서 대학을 가느냐'는 거였죠. 그 시절에는 아버지에게 늘 맞고 살았어요.

그래도 평택고등학교에 입학했고, 담임선생이 소개해줘서 그 지역에 딱 하나 있는 호텔을 운영하던 집안에 초등학교 1, 3학년짜리 아이들을 가르치는 가정교사로 입주해서 살았어요. 그때부터 아버지와는 헤어져 살았어요.

지금까지 아버지에게 돈을 받은 것은 대학입학할 때 받은 3만 원이 유일할 겁니다. 그 돈도 그날 술을 마셔서 다 써버렸지만."

— 아버지들은, 특히나 가부장적인 아버지들인 경우 자식에 대한 애정표현이 참 인색합니다. 그런 게 아버지의 폭력적인 측면을 더 커 보이게 할 수도 있지 않을까요?

"내가 1980년 여름 시위주도 혐의로 대전교도소에 투옥됐을 때 아버지가 면회를 오셨어요. 당시는 시위를 하다 붙들렸다고 하면 모두 '빨갱이'라고 생각했고, 어딜 가서 그런 사정도 제대로 말하지 못하던 시절이었어요.

그런데 아버지가 면회를 오셨어요. 그리고 다녀가신 뒤에 혼자 이불을 뒤집어쓰고 우셨다고 합니다. 이것도 나중에 어머니에게서 들은 얘기예요. 그 속내를 자식에게는 참 드러내지 않은 거죠.

하지만 그런 마음을 보여주셨다고 해도, 이 아들에 대한 아버지의 애정이 결코 크지 않았다는 생각이 들어요. 장남은 항상 희생하는 존재라고 생각했기 때문에 말이죠.

지난번 명절 때 시골집에 내려갔더니 막내 제수씨가 아버지에게 아주 잘하고 있는 것 같았어요. 자주 찾아뵙고 전화도 자주하고 그러나 보더군요. 그런데 아버지가 그걸 다 받아주고 있는 거예요. 그런 모습을 보면서 '아버지는 왜 내게만 그러셨을까' 하는 생각이 어쩔 수 없이 또 들었어요."

_소극적 자살

삶이 생각한 대로 풀리지 않았던 아버지는 술에 의지하는 일이 많았다. 주사도 꽤 있는 편이었다. 그런 아버지의 불만스런 자탄과 분노의 끝은 주로 장남을 향했다. 장남은 언제부턴가 아버지의 지배영역에서 탈출하는 꿈을 꾸었을 것이다.

한기호는 집을 떠나 입주과외와 극빈자 장학금까지 받아가며 고등학교를 힘겹게 마쳤고, 공주 사범대학에 입학한 뒤에도 신산한 고학생의 생활을 이어갔다. 대학에 입학한 지 얼마되지 않아 보름을 굶어 체중이 12Kg이 빠진 적도 있었다. 그는 "아무것도 없는 놈이 몸을 굴려 먹고살려고 이래저래 대학시절에 해본 일만 17가지나 된다"고 했다.

그러면서도 '글탐'이 많았던 그는 대학신문인 〈사대신문〉 편집장까지 맡았고, 1980년에 찾아온 '서울의 봄' 때는 시위를 주도했다가 쫓기는 몸이 됐다. 더 물러날 곳조차 없다는 생각에 자수해 대전교도소에서 4개월 동안 수감생활을 하다 징

역 1년에 집행유예 2년을 선고받아 풀려났다.

하지만 시위 전과자인데다 대학졸업장도 받지 못한 채로 사회에 나온 터라 일자리를 잡기가 쉽지 않았다. 아파트 공사장을 전전하는 게 거리낌 없이 할 수 있는 일의 전부였다. 한때 안면도에서 야학교사를 하기도 했다.

그나마 과거를 묻지 않고 채용해준 덕분에 잠시 월부 책장사를 하면서 야학교사 시절 만난 부인과 결혼한 게 유일한 행운이었다. 첫딸까지 얻었을 때는 "비록 나는 배를 곯으며 고생하며 자랐지만, 내 자식만큼은 고생시키지 않겠다"고 다짐했다. 그러나 여전히 박박한 삶이 그를 짓눌렀다.

그렇듯 생존 자체를 위해 절박하게 살았던 10대와 20대 시절에 아버지는 아들에게 의지가 되거나 마음의 위로를 주는 대상이 되지 못하는 존재였다. 아들이 간직했던 교사의 꿈, 작가의 꿈도 날마다 전쟁 같은 삶 속에서 멀어져 갔다.

— 아버지가 유독 장남에게만 가혹했다고 생각하는 건가요?
"지금 생각해보면 아버지는 장남에 대해 크게 생각하신 적이 없었던 것 같아요. 나는 딸만 둘인데 첫아이를 낳았을 때는 이름만 지어보내시고 찾아오시지 않았어요. 둘째도 딸을 낳았는데, 그때는 이름조차 지어주지 않더라고요. 솔직히 우리 쪽을 쳐다보지도 않은 거죠. 어머니가 병원에 잠깐 다녀가신 것 외에는…….

진짜 아버지와 대체 아버지

그런데 막내동생이 아들을 낳았을 때는 제대로 걷지도 못하는 노인네가 그 길로 찾아갑디다. 장남이 아들을 낳지 못한 게 무척 섭섭했던 것이고, 그런 속내를 아무렇지도 않게 드러내신 겁니다. 아버지라면 자식에게 섭섭한 게 있을 때 털어놓고 얘기를 해야 하는데, 그러지를 않았어요. 장남은 이렇게 해야 한다는 당위성만 혼자 품고 있었던 것이지요."

— 결혼해서도 아버지와의 관계가 나아지지 않았던 거군요.

"몇 년 전에 아내와 헤어졌어요. 거기에도 아버지와의 관계가 작용했겠죠. 아버지 칠순 때였어요. 시골집에 야단이 났어요. 나는 지방에 강의를 갔다가 올라오느라 늦게 도착했고 아내가 먼저 내려갔는데, 내가 도착해보니 이미 수습할 수 없을 지경으로 싸움판이 벌어져 있었어요.

그 이유를 단순하게 정리하면 돈 문제였어요. 장남, 맏며느리가 제 살기에 바빠서 경제적으로 부모에게 소홀했다는 얘기였겠죠. 아내도 없는 살림을 꾸려가다 보니 사정이 여의치 않았을 것이고. 이런저런 오해와 섭섭함이 겹치면서 회복불능의 관계가 돼버린 겁니다.

물론 그 모든 책임은 내가 가족관계를 능숙하게 풀지 못하고 욱하는 성격으로 매듭을 풀기는커녕 더욱 헝클어버린 책임이 큽니다. 내가 사태의 심각성을 적당히 뭉개는 와중에 그만 이미 곪았던 응어리가 한꺼번에 터져버린 겁니다. 아내에게도 더는 못할 짓이다 싶었어요.

아내와 헤어진 뒤로 아버지는 제게 가타부타 아무런 말씀도 하지 않아요. 지난해 아버지가 다쳐서 병원에 입원했을 때도 가보지 않았고 동생을 통해서 병원비만 보내드렸어요. 아버지도 제게 아는 척하지 않아요. 이제는 내게 알리지 말라고 하신답니다."

— 아버지와는 마음에서 아주 멀어져버린 거군요.

"장성한 자식이 이혼을 한다는데 아버지라면 당연히 쫓아와서 아들, 며느리 불러놓고 얘기하고, 어떻게 해서든지 간에 다시 붙여보려 하는 게 인지상정일 겁니다. 그런데 아버지의 첫 반응은 '위자료는 어떻게 했느냐'는 것이었어요. 그 순간 아버지에 대해 남아 있던 조그만 애정마저도 사라지는 느낌이었어요.

당신도 평생을 돈 때문에 괴로워했을 겁니다. 그렇다고 50살이 다 된 아들에게 뭐라 할 수도 없었을 테고. 언젠가는 아버지가 우시면서 미안하다고 합니다. 하지만 제 마음이 크게 움직이지는 않았어요. 저마다의 인생에서 가족이건 남이건 사람 사이가 깨지는 것은 그런 마음 때문이죠. 이제는 '장남'이라는 말이 듣기 싫고, '장남'으로 사는 게 참 버겁고, 누군가 '장남' 얘기를 늘어놓으면 화가 치밀기도 합니다."

— 마음의 문을 일찍 닫아버린 것은 아닐까요?

"가끔은 내가 아주 잘못된 인간이 아닌가 싶을 때도 있어요. 아무리 그래도 아버지가 아프다고 하면 걱정하는 마음이 절실

해야 하는데, 나는 그렇지가 않아요. 동생에게 돈이 얼마나 드느냐고 묻는 게 전부였어요."

— 그렇다고 아버지가 자신에게 의미 없는 존재인 것은 아니지 않습니까?

"아버지가 내게 아무런 의미가 없느냐? 그건 아니겠죠. 내가 스스로 자각을 하지 못하는 아버지의 의미가 있을지도 모르지요. 역으로 아버지도 여느 부모들처럼 제 자식이 잘 되기를 바랐을 겁니다.

하지만 어릴 적에, 또 커서까지도 그런 마음을 갖는 게 쉽지 않았어요. 아버지도 표현하지 못했고요. 우선 당신의 삶이 너무 힘드셨겠죠. 그래서 내게는 그런 아버지로 나타났을 겁니다."

— 아내는 이혼을 받아들이던가요?

"서로 결심을 하게 된 이유가 시부모와의 관계만은 아니었을 겁니다. 1980년대 출판사 풍경을 보면 술자리가 인생학교였어요. 자주 술을 마셔대다 보니 아내와도 자주 다퉜지요. 월급에서 절반을 월세로 내고 나머지 절반은 술 마시는 데 썼으니 아내도 참기 어려웠을 겁니다. 책과 늘 가까이 지내니 책값도 적지 않게 들어갔고…….

결혼한 지 꼭 20년이 되었을 때 아내가 내게 '책을 알게 해준 것은 고맙지만 그 한 가지를 빼놓고는 봐줄 만한 것이 하나도 없다'고 합디다. 그렇게 살아주고, 아이들 키워주고, 아내

가 고마운 거죠. 헤어질 때는 내 전재산인 아파트를 담보로 절
반을 떼어주었어요."

한기호는 젊은 시절 '아버지처럼 살지 않겠다'고 다짐했을
것이다. 그게 쓰러질듯 쓰러질듯하면서도 스스로 제 상투를
잡아 몸을 일으켰던 동력이었을 것이다.

그가 아버지를 통째로 부정해도 유산으로 인정할 수밖에 없
는 게 한 가지 있다. 바로 술이다. 할아버지부터 술을 좋아했
다고 한다. 식사 때마다 반주로 마시는 '소주 한잔'이 국대접
으로 한잔이었다. 그런데도 어린 한기호의 기억에는 할아버시
가 술주정하는 모습을 본 적이 없다.

아버지는 달랐다. 자상한 아버지였다가도 술을 마시면 주사
가 심해 어찌해볼 도리가 없었다고 한다. 그 시절 한기호는
'죽을 때까지 술을 마시지 않겠다'고 마음속으로 맹세했다. 그
러나 어렵사리 고등학교를 졸업하던 날 우등상을 받지 못한
데 울컥하는 마음에 막걸리 반 말을 마신 뒤부터 그 맹세를 지
키지 못했다.

그의 술버릇은 글을 쓰는 데도 영향을 미쳤다. 그는 검열의
서슬이 퍼렇던 시절 〈사대신문〉 기자로 기사뿐만 아니라 유인
물도 자주 써야 했다. 그때마다 그는 '가난한 집안의 장남인
나는 가족의 운명을 짊어지고 있다'는 생각에 겁이 났고, 항상
글을 쓰기 전에 술의 힘을 빌려야 했다. 대낮부터 술을 마시다

집에 들어가 대개 새벽 1, 2시에 잠이 깬 뒤에야 글을 쓰기 시작했다. 그는 "완전히 취한 상태도 아닌, 비몽사몽간에 용기를 내어 글을 휘갈겼다"고 했다. 그 버릇은 지금도 계속되고 있다.

일상이 돼버린 글쓰기보다 더 지독하게 술의 힘을 빌렸을 때는 이혼 직후였다고 한다.

"이혼한 뒤에 한동안 마음을 잡지 못하고 술병을 끼고 살았어요. 1958년생 동갑내기 시인이 '소극적 자살'이라는 표현을 썼는데, 내가 그랬던 것 같아요. 죽고는 싶은데 도구를 이용해 감행할 용기는 없고, 그래서 살아가는 행위 자체를 포기해버리는 것이죠. 술 한잔 먹고 '씨팔 죽어버려야지' 했는데, 막상 죽을 용기가 없을 때 선택하는 방식입니다. 내가 그랬어요. 술 마시다가 엎어져 자고, 자고 나면 다시 마시고, '어서 빨리 가자, 이렇게 살면 뭐 하나' 생각하면서 말이죠.

세상을 사는 방식이 제각각이지만, 나는 돈보다 명예 쪽이었죠. 인정을 받는 게 중요했어요. 큰 흐름을 잡고 세상을 움직여가는 힘을 느끼려 살았고, 자부심도 있었어요. 그게 벽에 부딪친 겁니다. 이제는 그게 아니어도 좋다는 단계까지 와 있어요. 내 스스로 정리하고 터널을 빠져 나왔지만, 그때는 그게 정말 힘듭디다."

소극적 자살에서 소극적 생존으로 마음이 바뀌기까지 몇 달의 시간이 필요했다. 그리고 적극적 생존으로 한 걸음 더 내딛는 데는 추슬러야 할 일들이 더 많았다.

그때 책에 미치게 해준 '대체 아버지'에 대한 기억이 어두운 터널이 끝나는 지점을 가르쳐주었다. 그것은 이런저런 구체적인 언명으로 나타나는 성질의 것이 아니었다. 아버지로 섬기고 있는 아들이 제 몸으로 받아들이는 주문과도 같은 것이었다.

_대체 아버지

그는 1982년 출판계에 발을 들여놓았다. 청주의 온누리출판사에서 편집자로 1년, 창작과비평사 영업자로 15년을 활동한 뒤 1997년 한국출판마케팅연구소의 문을 열었다. 그의 표현대로 "꼬박 26년 동안 책만 끼고 살았다."

"내가 요즘에 하는 일은 책을 열심히 내는 것도 있지만, 또 하나는 후배들 중에서 재주가 있으면 그걸 살려주는 것입니다. 후배들에게 마당을 만들어주고 키워주면 그들이 나중에 이 사회에 한몫을 할 것이고, 인간 한기호에 대해서도 얘기할 게 아닙니까.

나는 그렇게 책으로 세상을 만들고 있어요. 후배들도 각자 자기 이름의 책을 낼 때마다 인생의 무게가 늘어가는 것을 느끼겠지요.

나는 지금 내 지향점이 어디인지를 알고 있고, 그것을 향해 실천하고 있는 겁니다. 나 혼자 책을 쓰고, 내고, 폼 잡는 게 아니라, 진정으로 사람을 키워주는 것입니다. 그걸 누구에게 배웠겠어요. 백낙청 선생에게서 배웠어요. 그분이 대체 아버지입니다."

백낙청(1938년~) 서울대 명예교수는 진보진영의 상징적인 인물이다. 1966년 계간지인 〈창작과 비평〉을 창간, 진보사상의 보급소이자 지식인들의 공론장으로 계간지 문화의 새 장을 열었다.

한기호는 25세였던 1983년 당시 창비의 김윤수 사장에게서 한번 만나자는 연락을 받았다. 김 사장이 그에게 제안한 일은 '특수영업'이었다. 그때는 모든 게 엄혹했다. 인문사회과학 출판사들이나 서점이나 적자에 허덕였고, 책을 출간해도 걸핏하면 판매금지 목록에 오르기 일쑤였다. '불온한 사상'의 근거지란 혐의를 받으며 항상 검열과 감시에 익숙해져야 했다. 김 사장은 회사경영이 어려워지자 그 돌파구로 영업강화를 생각해냈고, 지인들의 추천을 받아 운동권 출신인 한기호를 점찍었던 것이다.

한기호 소장이 출판사에서 버틴 사연에 백 교수가 등장한다. 그가 영업부장이 됐을 무렵인 1987년 백 교수는 그에게 생년월일을 알려달라고 했다. 그 당시는 기치료가 유행이었다. 백 교수도 기치료중이었는데 시술하는 도인에게 한기호의 사주를 한번 넣어본 것이다.

— 사주에 돈을 타고났던가요?

"내 팔자에 돈은 무슨. 그때 사주를 봐준 분이 백 선생에게 '이 사람 교수냐?'고 묻더랍니다. 내게 선생이 될 운이 있어서 가르치는 일을 했으면 크게 됐을 거라고 말입니다. 백 선생이 그렇지 않다고 했더니, 그분이 이번에는 '문인이냐?'고 다시 물었대요. 그것도 아니라고 했더니, '지금 그게 아니라면 나이 들면 무척 많은 글을 쓸 운'이라고 했다더군요.

백 선생이 결국에는 '우리 회사의 영업부장입니다'라고 밝혔더니, '자기 사업을 하면 먹고사는 데는 지장이 없지만 큰돈은 벌지 못할 운이고, 돈 있는 사람에게 붙어 있으면 떼돈을 벌게 해줄 운이니 무조건 데리고 있어라'고 했다는 겁니다. 그래서 백 선생이 문제 많았던 나를 꿰차고 있었는지도 모르죠. 하하."

— 지금 하시는 일을 보면 '선생 팔자'가 맞는 것 같기도 한데.

"1997년 창비를 그만둔 뒤로는 강의를 무지 했지요. 서울편집디자인학원에서 출판유통 강의를 한 것이 시작이고, 한겨레문화센터 출판마케팅 전임강사가 됐을 때는 직접 교재를 만들기도 했으니까요. 중앙대 대학원에서 가르친 지도 올해로 7년이 됐군요. 출판사들의 초청강연까지 합하면 웬만한 교수들보다 더 많이 강의했다고 봐야겠죠. 어떤 제자는 내 강의가 '자뻑(자기자랑)과 자학(자기비하) 사이에서 왔다갔다한다'고 합디다."

— 백 교수에게서 대체 아버지라고 느낄 만큼 가장 많이 배운 게 무엇인가요?

"그분의 세상 보는 눈을 따라갈 순 없었지만, 기본적으로 인생의 태도를 배운 것 같아요. 백 선생은 한번도 회의시간에 내게 반말을 한 적이 없었어요. 그 양반은 겉으로 보면 무척 냉정하고 대쪽 같아서 가까이 대하기가 썩 편해 보이지 않지만, 곁에서 지켜본 모습은 전혀 달랐죠.

한번은 직원들과 백 선생을 모시고 마포에 있는 해물탕집에 간 적이 있어요. 보통은 해물탕을 끓여서 건더기를 모두 먹고 나면 밥을 비벼먹지 않습니까. 내 접시에 국물이 약간 남아 있었는데, 글쎄 백 교수가 그걸 자기 접시에다 붓더니 비벼 드시더라고요. 내가 깜짝 놀라서 '그거 제가 먹던 건데요'라고 했는데도, 백 선생은 '그게 어떠냐'라시며 아무렇지도 않게 식사를 하셨어요. 보통 소탈한 양반이 아니면 쉽지 않은 일이죠. 매사에 그러셨어요.

그 양반에 대해 사람들은 깐깐하고 백면서생(白面書生)일 거라고 생각합니다. 하지만 그 양반은 '없는 사람'에 대한 마음

가짐, 고생해본 것에 대한 배려가 몸에 배어 있는 분이셨어요. 내가 지금 이만큼이라도 하는 것은 모두 백 선생에게서 받은 영향 덕분일 겁니다.

내가 그분에게서 뭘 배웠겠어요. 사람을 대하는 방식을 배운 겁니다. 그건 내 아버지에게 전혀 배우지 못한 것이었죠."

한기호에게 출판사는 완벽하게 살아가야 할 동기를 부여해준 곳이었다. 문학도를 꿈꿨던 그는 여기서 시대를 번민하는 당대의 문학가, 사상가들과 함께 호흡할 수 있었다. 삶의 롤모델이 될 수 있는 아버지에 대한 갈망도 백낙청을 통해 채울 수 있었다. 그에게 출판사는 단순한 돈벌이 직장이 아니라, 꿈의 실현장이었다.

그는 영업자 시절 한 달에 한번씩은 8박 9일의 출장을 다녔다고 한다. 이동시간은 어김없이 책 읽기로 때웠는데, 한번 출장에 대략 50여 권 정도의 책을 읽었다고 한다. 비평하는 영업자, 기획하는 영업자란 별칭은 거기서 내공을 쌓은 결과였다.

그는 매일 출판영업의 승부처였던 대형서점에서 문을 닫을 때까지 아예 죽치고 살았다. 일요일에도 회사에 출근하는 경우가 많았고, 일 앞에선 거칠게 없었다.

한번은 일요일 회사에 도착했는데 열쇠를 집에 두고 온 적이 있었다. 다시 집까지 왕복하려면 2시간이나 걸렸다. 그는 현관 출입문 위쪽에 붙어 있는 유리창을 깨고 들어갔다. 그리곤 유리가게에 전화해 유리창을 교체해달라고 했다. 그 비용은 물론 자신이 물었다.

그의 주가는 1990년 《소설 동의보감》이 출간된 뒤 절정을 향했다. 그가 출판사에 몸담고 있는 동안에만 400만 부나 팔았다. 시인 김정환은 "그는 운동권 출신을 유능한 영업사원으로 키우자는 아이디어가 적용된 첫 케이스이자, 가장 성공적인 케이스였다. 책을 읽고 평가해주면서 발로 영업한다"고 평가하기도 했다.

한기호의 책에 대한 열정에 불을 지른 또 한 사람의 '대체 아버지'가 있었다. 북디자이너 정병규(1946년~) 씨다. 1970년대 중반부터 3,000여 종의 책에 옷을 입히는 작업을 해온 그는 한국 북디자인계의 개척자로 불린다.

"창비에서 나와 연구소를 차리고 거기에 보태라고 했는지 민주화운동 보상금도 받아 한창 열을 내고 있던 어느 날, 아내가 '아버지의 성이 바뀌었네' 하더라고요. '대체 아버지'가 정병규 선생이 됐다는 얘기였어요.

사실 정 선생과 첫 만남은 충격이었습니다. 당시 나는 한겨레문화센터에 강의를 나가고 있었는데, 센터 측에서 디자인 과정을 만든다고 해서 일면식도 없지만 출판계에 떠도는 이름 중에 하나인 정병규 선생의 이름을 불러줬어요. 결국 정 선생이 강의를 수락했고, 두 번째 강의시간에는 나도 들어보려 참석했어요. 첫 대면인 셈이었죠.

그 시간에 정 선생이 보여준 북디자인의 세계는 정말 '아! 책이란 이래야 한다'는 생각이 들게 했어요. 강의가 끝나자 제가 '맥주 한잔하셔도 되는데요' 해서 만남이 시작됐어요. 그렇게 시작된 자리에서 정 선생에게 출판의 기본 맥락을 배웠어요. 정 선생이 워낙 밤에 움직이는 분이시라 술자리가 길어지다 보면 새벽 5시가 되는 건 예사였어요.

백 선생과는 짧게 짧게 만나면서 조직을 움직여가는 방법과 인간의 태도를 배웠다면, 정 선생에게는 함께 뒹굴면서 책을 배웠던 것 같아요."

— 출판의 지혜를 가르쳐준 인생 선배를 만난 거군요.

"그 이상이었어요. 어느 날 우연히 길을 가다가 출판사 사장님 한 분을 만났는데, '어이, 병규 형 어떻게 지내?' 하고 물었어요. 내가 정 선생과 자주 만난다는 소문이야 이미 나 있어서 그분으로선 자연스럽게 내게 정 선생의 안부를 물은 겁니다. 그런데 그 얘기를 듣는 순간, 내 눈에서 눈물을 마구 쏟아졌어요. 아주 철철 흘렸어요.

그즈음 내가 매우 힘들었는데 그냥 무의식적으로 눈물이 난 겁니다. 진짜 아버지에게는 그렇게 절실하지 않아서 나오지 않던 눈물이 말입니다(이 말을 하는 순간에도 그의 눈에는 눈물이 맺혔다). 내가 그분을 마음으로 받아들였던 것 같아요."

_위로가 되는 아버지

한기호가 인생에서 만난 두 대체 아버지 덕분에 책을 얻었다면, 책 덕분에 얻은 것은 두 딸이다. 평탄치 않았던 생활 속에서 아이들을 키워준 게 책이라고 생각할 정도로 그와 아이들의 관계를 풀어가는 중요한 단서도 책이다.

헤어지기 전 아내는 누구보다 책을 많이 읽었다고 한다. 그 영향을 받았는지 큰딸도 초등학교 6학년 때부터 본격적으로 책을 읽었다. 하루는 딸이 《퇴마록》이란 판타지 소설을 찾았다. 아버지는 출판사에 부탁해서 한 질을 구해다주었다. 그 아이는 하루 사이에 300페이지가 넘는 1권을 다 읽고 2권의 절반 정도까지 진도를 나갔다. 그 뒤로 큰아이는 집에 있는 대하소설을 모조리 읽어치웠다.

아
버
지
라
는
이
름
의
아
버
지

"사실 그만한 나이에 장편소설을 읽어낼까 싶었는데, 큰아이가 긴 소설을 다 읽고 나니 자신감이 생겼다고 하더라고요. 그 다음부터는 제 스스로 책을 고르는 안목이 생겼던 것 같아요.

작은딸도 책을 좋아했는데, 고등학교 다닐 때도 머리맡에는 언제나 휴대전화와 책이 놓여 있었어요. 어느 날 작은딸과 함께 텔레비전에서 1980년대 필화사건을 그린 다큐멘터리를 보다가 이게 기회다 싶어서 내가 1980년에 보안사에 끌려가 맞은 일을 늘어놓았더니, 그 아이가 웃으면서 '아빠, 그거 조정

래 선생의 《한강》에 다 나와' 하는 겁니다. 그게 책의 힘이죠. 어찌 보면 아이들에게 무책임한 아빠의 죗값을 책으로 대신 갚고 살았는지도 모르죠."

— 아이들에게 처음 이혼 얘기를 꺼냈을 때가 힘들었을 것 같은데요.

"아내와는 헤어지기로 해놓고도 별거한 지 4년여 만에 정식 이혼수속을 밟았어요. 그렇게 한 이유는 작은딸이 대학에 갈 때까지는 큰 흔들림을 주지 말자는 것이었죠. 그렇게 하기로 했다고 알려줬을 때 작은딸도 '부모가 한 집에서 살아야만 하는 건 아니라고 생각한다'고 얘기해줍디다. 부모 눈치를 살펴서 부담주지 않으려고 그랬던 것 같기는 한데, 여러 모로 잘 참아주고 많이 이해해줬어요. 고맙지요.

큰딸은 건축을 전공해 현재 프랑스 파리로 더 공부하러 갔고, 작은딸은 대학에서 사진을 전공해요. 이놈은 나와 함께 사는데 지금도 '네 엄마한테 가 있으라'고 하면 '내가 없을 때 아빠가 술 먹고 들어와서 잘못되면 어떡해'라면서 가지 않습니다. 자기가 아빠를 보호해야 한다고 생각하나 봐요. 기특하지요(웃음)."

— 아이들을 키우면서 더욱 진짜 아버지의 대물림을 하지 않으려고 했을 것 같은데요.

"아이들에게 돈을 아끼라는 얘기는 합니다. 하지만 아버지가 돈 때문에 내게 보여준 힘든 모습을 나는 아이들에게 보여

235

주지 않으려고 했어요.

아이들이 용돈으로 해결되지 않을 정도의 돈이 필요한 일이 있다고 하면, 아빠를 설득해보라고 합니다. 그리곤 자신들의 자금마련 계획을 들어보고 내가 그 나머지를 지원해주는 식으로 일을 처리합니다. 일종의 매칭펀드(matching fund) 방식이지요.

작은딸이 대학에 들어간 뒤에 전시회를 훑고 다니고 관련 서적들을 사서 읽고 그랬는데, 돈이 많이 모자랐나 봐요. 사진과라서 장비를 갖추는 데도 목돈이 들어가는 거잖아요. 어느 날 이놈이 큐레이터가 되는 것을 목표를 세웠다면서 인생계획서 같은 것을 만들어 보여줬어요. 자기 계획이 이러하니 아빠더러 투자를 하라는 제안서인 셈이었죠. 많이 놀라고 기특한 생각이 들기도 하고 했는데, 그걸 검토해보고 나선 투자를 결정했어요."

— 그게 진짜 아버지를 극복하는 방법이었겠군요?

"그런 셈이지요. 나는 아이들이 스스로 클 수 있는 기반을 만들어주려 노력하고 있어요. 그게 아버지에 대한 내 나름의 극복입니다. 적어도 아버지 때문에 자기들 인생이 잘못 가지는 말아야 한다는 겁니다. 그것은 아이들이 아버지가 원하는 삶을 살게 하는 게 아니라, 자신들의 인생을 제대로 살게 하는 방법이기도 하지요."

— 딸들은 그런 아버지를 어떻게 이해하고 있을까요?

"큰딸이 대학에 다닐 때 아빠의 장점과 단점 세 가지를 말해 보라고 한 적이 있어요. 그때 딸이 말하기를 '단점 세 가지는 책밖에 모르는 것, 일밖에 모른다는 것, 정작 중요한 이야기는 술 마시고 하는 것'이라고 하더군요. 장점 세 가지는 '거짓말을 할 줄 모른다, 일에 최선을 다한다, 요리를 잘한다'였어요.

아빠의 장단점을 자식만큼 잘 알고 있는 사람도 없을 겁니다. 아빠의 장단점을 알고 걱정해주고 위로해주는 자식들, 그것 말고 무엇을 더 바라겠어요."

— 이 시대의 아버지가 멘토(Mento)여야 한다고 했는데.

"한국사회가 지금 멘토를 질실하게 요구하고 있어요. 요즘 아버지의 위상이나 현실을 보면 위안을 주는 아버지와는 거리가 멀어요. 아버지들이 그럴 수 없도록 한국사회가 만들고 있는 겁니다.

자식들도 부모 세대와는 달리 더 힘들어졌어요. 부모 세대는 고생하고 어렵게 성장하면서도 출세라든가 아니면 사회운동이라든가 어느 쪽을 택하든지 간에 살아야 할 명분이 확실했어요. 하지만 요즘 세대들은 무엇 때문에, 어떻게 사느냐의 문제 때문에 더 힘겨운 삶을 사는 것 같아요.

부모 세대의 아버지는 자식이 어려울 때 지켜주는, 가끔 찾아가서 무릎 꿇고 하소연할 때 '그래, 이놈아' 하고 한마디만 해줘도 위로가 되는 아버지였어요. 그런 한 마디에 힘을 얻어서 다시 삶의 전쟁에 나서는 그런 아버지였어요.

그런데 지금 그런 아버지의 역할을 누가 해주고 있습니까. 위정자가 해줍니까, 언론이 해줍니까. 우리 시대의 멘토십을 다시 만들어야 해요."

그는 평소의 말투와 표정으로 돌아와 이 시대의 아버지론(論)을 한참 설파했다. 그는 아직까지도 진짜 아버지와 마음에서 화해를 하지 못하고 있었다. 하지만 그 아버지가 아주 이해 못하는 아버지도 아니었다. 다만, 자신의 삶이 아버지의 그것과 확연히 다르다는 확신에 이르기까지 화해를 유보하고 있을지 모른다는 생각이 들었다.

아버지의 유전자가 어머니를 경유해 자식의 온몸을 형성하지만, 그것이 자식이 지닌 정신의 자유본능까지 통제할 수는 없다. 아버지 유전자가 자식의 삶에 방해물이 될 때도 있지만, 자유본능을 자극하는 촉진제가 될 때가 더 많은 것이다. 증오하는 아버지는 자식의 삶이 에너지를 발산하는 데 연료가 되기도 한다.

아버지,
내 무대의 파트너

- 바이올리니스트 이성주

······"부모의 역할이 자식 인생을 뜻대로 조각해가는 게 아니라,

자식의 타고난 끼를 찾아내 살려주는 것이라면 아버지가 제대로 역할을 한 거죠.

아마 그게 내가 배운 아버지의 교육관이 아닐까 싶어요.

결국 자식이 타고난 인생을 살지 못하면 스스로도 불행한 일이지만,

그건 부모에게도 불행한 일이잖아요."······

이성주

1955년 서울 출생. 미국 줄리아드 음악원을 나와 성공적인
뉴욕 데뷔에 이어 화려한 수상경력으로 세계적인 바이올린 연주자로 발돋움했다.
1994년 귀국해 한국예술종합학교 교수로 후학을 양성하는 한편, 활발한 연주활동
을 통해 완숙의 음악성을 선사하고 있다.

"시작은 누구에게나 설렘과 기대, 누려움이다. 나 역시 그랬다."

1977년 4월 30일 토요일 밤, 미국 뉴욕 맨해튼 줄리아드 음악원 3학년에 재학중인 22세의 바이올리니스트 이성주는 생애 가장 긴장된 날을 보내고 있었다.

맨해튼의 밤거리가 봄향기에 흠뻑 취한 시각에 그녀는 신문가판대 옆에서 겨울바람을 맞는 마음으로 〈뉴욕타임스〉가 배달되기를 기다렸다. 다음날 아침이면 집에서도 그 신문을 볼 수 있었지만, 그때까지 참아낼 자신이 없어 거리로 나온 참이다.

그녀는 한 해 전에 뉴욕 공연매니지먼트 회사들이 모여 신인음악가를 발탁하는 '영콘서트아티스트 오디션'(Young Concert Artists International Auditions)에서 우승했다. 그리고 바로 나흘 전에 카우프만 콘서트홀에서 주최측이 마련해준 데뷔 연주회를 마쳤다. 예나 지금이나 연주자들에게 뉴욕 데뷔무대는 '음악인생'의 성공여부를 결정하는 가장 중요한 관문이다. '세계 문화제국'의 수도인 뉴욕에서 인정을 받아야 정상급 연주자로 발돋움할 수 있다.

그 통과의례를 주관하는 사실상의 판정관이 〈뉴욕타임스〉의 리뷰다. 그런 절대적 위상을 갖고 있으니 이제 막 데뷔무대를 마친 신인연주자가 밤거리에 나와 떨리는 마음으로 초판신문을 기다리는 게 무리한 일도 아니었다.

이성주는 연주회 날 매니저에게서 〈뉴욕타임스〉의 기자가 온 것을 분명히 봤다는 얘기를 들었다. 딸의 연주를 지켜본 아버지와 가족들도 한껏 기대에 부풀었다. 그렇다고 한들 그 연주회에 대한 리뷰가 반드시 나온다는 보장도, 그게 악평이 아니라 호평일 거라는 장담도 할 수 없지 않은가. 그 신문의 공연리뷰는 왜 일요일에만 실리는지.

이성주는 이윽고 신문꾸러미가 도착하자마자 한 부를 샀다. 그러나 신문을 펼치려다 너무 떨려 기둥처럼 굳어버렸다. 이를 보다 못한 친구가 그 신문을 빼앗아 펼쳤다. 친구는 얼른 공연면을 훑더니 이성주를 와락 부둥켜안고 펄쩍펄쩍 뛰었다. 그의 연주회를 다룬 기사가 실렸음은 물론, 기대 이상의 제목을 달고 있었다. '이성주, 일류 연주자임을 입증하다(Sung – Ju Lee Proves First – Rate Violinist)'였다. 기사의 내용은 더 읽을 것도 없었다. 그가 서울을 떠나온 지 8년 여 만의 일이었다.

아
버
지
라
는
이
름
의
아
버
지

그로부터 18년의 세월이 지난 1995년, 이성주는 국제적 바이올리니스트로 화려한 경력을 쌓아가던 삶을 일단락 짓고, 돌연 한국예술종합학교 교수로 서울에 돌아온다. "고국의 후배들에게 봉사를 하겠다"며 인생의 방향을 틀었다.

그리고 다시 12년이 흘렀다. 2007년 4월 이 교수는 서울에서 '뉴욕 데뷔 30주년 기념콘서트'를 열었다. 전국순회 연주회에다, 11월에는 뉴욕 카네기 와일홀에서도 기념연주회를 마련했다.

음악계의 관행에 익숙하지 않은 사람들은 "뭐 그리 요란을 떠느냐"고 눈총을 줄 수도 있을 것이다. 사실, 데뷔무대의 의미가 30주년이라고 해서 10주년이나 20주년보다 더 커지거나 확연히 달라지는 것은 아니다.

연주가에게 데뷔무대는 어제도 오늘도 또 내일도 가장 기록하고 싶은 장면이면서, 가장 풀기 힘든 암호 같은 기억을 남긴 특별한 사건이 된다. 음악가로서 데뷔 이후에 벌어진 모든 것은 그날의 기억, 그날의 느낌, 그날의 평가에서 시작된다.

그럼에도 유난히 클래식 연주가에게 데뷔무대의 나이가 더해갈수록 더 각별한 의미가 보태지는 것은 무대 뒤편의 사연 때문일 것이다.

연주는 천재성을 타고났더라도 저 혼자 깨치지 못하는 인류의 마지막 수공업 중 하나다. 또한 누군가의 혹독한 훈련을 통해 완성된 기예이면서도, 그 누구와도 닮지 않은 독창성을 발휘해야 하는 예술이다. 무한의 자유를 허락받은 것 같지만 정해진 행로(악보)를 벗어날 수 없는 얄궂은 운명을 받아들여야 한다.

연주가는 그런 모순이 빚어내는 갈등의 삶을 홀로 지탱할 수 없다. 그래서 경지에 오른 연주가 주변에는 항상 그보다 더 많은 충돌을 대신 견뎌내주거나 극복해주는 삶들이 버티고 있다.

연주가의 데뷔무대는 그런 삶들이 의기투합해 도모해온 공동 프로젝트가 단 1회의 시연을 통해 성공여부를 판가름하는 결전장이다. 만약 데뷔무대가 실패라면, 거기서 포기하거나 그 팀을 모두 갈아치워야 한다. 그와는 반대로 성공적인 데뷔무대를 이끈 팀이 10년 후, 20년 후, 30년 후까지 롱런하는 음악 프로젝트를 수행했다면, 그 팀워크에 경의의 박수를 보내야 마땅할 것이다. 연주가에게 데뷔 30주년의 의미는 그런 것이다.

이성주에게도 데뷔무대부터 30주년 기념무대까지 공동작업을 펼쳐온 파트너가 있다. 바로 아버지 이진수(1925년~) 씨다. 그 아버지가 딸의 연주회를 객석에서 지켜보는 모습은 내게도 낯익은 것이다. 그녀의 연주회를 찾을 때마다 어김없이 단아한 풍채에 엷은 미소를 머금고 무대 위의 딸을 바라보는 아버지를 만날 수 있었다.

그 딸의 앙코르 연주가 끝날 때쯤 "그저 흐뭇하시죠?"라고 인사를 건네면, 아버지는 "고맙습니다. 모두들 좋게 들어주시

244

아버지라는 이름의 아버지

바이올린을 처음 배우기 시작한 5세 때의
유치원 발표회 모습

2007년 데뷔 30주년 기념연주회 때의 포스터

1977년 뉴욕 데뷔 연주회를 갖던 시절의 아버지와 어머니

니 그렇지요"라며 또 엷은 미소를 짓는다.

큰 동작으로 감정을 표시하거나 긴 이야기를 나눈 적도 없는데, 뭔지 모를 충만한 느낌으로 상대를 휘감는 아버지였다. 뒤풀이 자리에서도 아버지는 조용히 이 자리 저 자리를 찾아다니며 지인들과 일일이 인사하고 안부를 묻는다. 드러나지 않게 '딸의 자리'를 만들어주곤 어느샌가 "젊은 사람들끼리 어울려야지"하면서 먼저 자리를 뜨는 아버지. 언제나 무대 위의 주연은 딸이지만 그 무대 뒤의 주연은 아버지였다.

그 풍경을 보면서 '저 아버지와 딸은 정말 환상의 드림팀'이라는 생각이 절로 들곤 했다. 그 뒤로는 '예술을 한다는 사람들'을 볼 때면 꼭 가족이나 주변사람들의 얘기를 묻는 습관이 생겼다. 솔직히 대단한 예술가보다 더 대단한 사람들의 이야기가 궁금해진 것이다. 어느 날 이 교수의 생각을 듣고 싶어 아버지에 대한 이야기를 청했다.

"뉴욕 데뷔 연주회에 대한 리뷰기사를 봤을 때 그 떨림과 기쁨은 지금도 생생해요. 그게 설렘과 기대, 두려움이 공존했던 연주인생의 서막이었죠. 평생 잊지 못하는 장면이에요. 지금까지 나를 지탱해주는 기억이기도 하고요.

그때는 젊은 패기에다 겁도 없었던 것 같아요. 사실 내게는 그런 면이 좀 있었어요. 아버지가 언젠가 그러셨죠. 내가 한국에 있었으면 제 끼를 감당하지 못했을 거라고요. 아버지는 초등학교 때부터 내가 튀는 아이라는 걸 알았어요. 누구에게 지지 않으려 하고 주장을 굽히지 않는 대담한 아이였으니, 그냥 서울에 있다가는 여자라는 이유만으로 제대로 뜻을 펴지 못하는 삶을 살 거란 걸 예감하셨던 거죠.

내가 그나마 뜻을 이룬 것을 성공이라고 친다면 그 절반은 일찍 재능을 키우라고 결단을 내려준 아버지의 몫이에요. 그날 데뷔 연주회에서도 파트너는 아버지였어요. 무대에 함께 서지는 않지만 자식의 음악인생을 위해 협연해주는 파트너죠."

_네 끼대로 살라

어린 이성주가 바이올린을 잡게 된 것은 필연적이었다. 그녀는 전후의 상흔이 채 가시지 않은 시절, 서울에서 5남매 중 막내로 이 세상과 만났다. 아버지는 어려웠지만 자식들에게 "각자 악기 하나씩은 연주할 수 있어야 한다"면서 저마다 악기를 들려주었다. 큰오빠는 바이올린, 작은오빠는 성악과 피아노, 언니들은 피아노를 배웠다. 유치원생이었던 다섯 살짜리 이성주도 피아노를 쳤다.

그런데 그 꼬마는 큰오빠가 바이올린을 켜는 소리를 옆에서 듣고 있다가 "오빠, 왜 그렇게 못해. 틀렸잖아!" 하고 핀잔을 주기 일쑤였다. 그래서인지 큰오빠는 바이올린을 켜기가 영

마뜩잖은 눈치였다.

어머니가 이런 장면을 눈여겨보다 그 바이올린을 막내딸의 손에 쥐어주었다. 자식 중 누군가에게는 바이올린을 시키고 싶었던 어머니였던 터라 청음(聽音)을 타고난 듯한 이성주에게 기대를 건 셈이다.

"바이올린과 나는 운명적으로 만난 것 같아요. 남이 못 듣는 것을 나는 듣고 느꼈으니까요. 타고난 게 있었던 거죠. 유치원 때는 내가 집에서 친구들을 모아놓고 피아노를 치면서 노래를 가르쳤어요. 그 시절에 들었던 곡들은 한번 들으면 잊지 않고 반주까지 완벽하게 재연했다고 해요. 유치원 선생이 어머니에게 '성주가 재능이 있는 것 같아요. 한번 시켜보시죠'라고 했는데, 어머니가 그 말대로 밀어붙이신 거죠."

— 서울사대부속 초등학교에 다녔던데, 그 시절에는 바이올린을 배우는 학생이 많지 않았지요?

"동기들의 얼굴이나 이름들이 잘 기억나지 않아서 한국에 돌아온 뒤 그 시절의 친구들을 열심히 찾고 있어요. 얼마 전 동창회가 있다고 해서 가봤는데, 친구들은 나를 '늘 바이올린을 들고 다니는 친구'로 기억하고 있는 거예요. 어린 꼬마가 바이올린 케이스를 들고 다니는 모습이 그때는 흔치 않았던 거죠."

— 바이올린 전공자도 많지 않아서 레슨을 받기가 쉽지 않

았겠죠?

"1960년대 중반 초등학교 3~4학년부터 김용윤 선생에게 배웠어요. 그분이 총각이었고, 그분의 하숙집도 우리집 근처여서 어머니가 우리집에 와서 가르쳐달라고 하셨대요. 그때 김 선생에게 바이올린을 배우고 있던 언니, 오빠, 친구들이 모두 우리집에서 레슨을 받았어요. 김남윤, 강동석, 배익환⋯⋯."

여기서 잠시 등장인물들에 대한 설명을 보태야 한국 음악계의 발전에 이 어린 음악도들이 얼마나 큰 비중을 차지하고 있는지를 이해할 수 있다.

김용윤 이화여대 음대교수는 당시 20대 후반의 청년으로 KBS교향악단 비올라 수석이었다. 그는 '국내 최초의 비올라 독주자'라는 수식어가 붙은 한국 현악계의 개척자다. 그는 세계적으로 인정받는 바이올린과 비올라 연주자도 배출했는데, 김남윤, 강동석, 배익환, 이성주가 그들이다.

이들은 대부분 전후세대로 1960년대말 한국을 떠나 미국 뉴욕 줄리아드 음악원에서 유학했고, 권위 있는 국제 콩쿠르에서 입상해 세계 음악계에 한국의 존재를 알린 '유학 2세대'들이다.

이성주보다 6살 위인 김남윤 한국예술종합학교 교수는 유학후 경희대와 서울대를 거치며 연주는 물론 후학을 양성하는 지도자로 위상을 다졌다.

이성주보다 한 살 위인 강동석 연세대 음대교수는 그 시절

"여덟 살 때 첫 연주회를 연 '음악신동'이었고, 영국의 《세계 음악 인명사전》과 프랑스 《연주가 사전》에 등재된 정상급 연주자"라는 문장이 인터뷰 기사마다 빠지지 않았던 스타 연주자다. 10여 년 전 그를 취재했던 나 역시 인터뷰 기사 말미에 그 문장을 마치 '훈장'처럼 옮겨 썼던 기억이 있다.

배익환은 현재 미국 인디애나 음대에서 명교수로 활약하고 있다.

이들은 모두 줄리아드와 커티스 음악원에서 바이올린 교육의 거목인 이반 갈라미언 교수의 조련을 거쳤다. 갈라미언은 이미 1960년대 초반부터 정경화, 김영욱 등 한국 바이올린계의 예비거장들을 길어낸 인물이다. 여기에 김남윤, 강동석, 이성주가 차례로 갈라미언 교수와 조우하게 됐으니 그를 한국 바이올린계의 '대부'로 불러도 무방할 정도다.

줄리아드에는 갈라미언 외에 도로시 딜레이라는 명교수가 있는데, 이성주는 갈라미언에 이어 딜레이 교수의 훈련을 받아 성공의 길을 닦았다. 딜레이 교수는 장영주(사라 장)라는 다섯 살짜리 바이올린 신동을 발탁해 오늘날의 성공을 만들어 준 인물이기도 하다.

1960년대 유학길에 오른 명연주자와 명교수들의 면면은 '기라성 같다'는 게 가장 적당한 표현일 것이다.

— 그 시절에 음악 조기교육과 미국유학까지 감당하려면 집

안형편이 꽤 넉넉해야 가능했을 텐데요.

"아버지와 어머니 모두 함경도가 고향이신데, 해방 후인 1946년 대가족이 월남하면서 아무것도 가져오지 못했다고 해요. 아버지가 공무원으로 정부에서 일하기 시작하면서 집안의 기틀을 잡았던 것 같아요."

아버지는 독실한 기독교 신앙 집안의 장남이었다. 증조할아버지가 교회를 지었을 정도로 일찍 개화된 집안 분위기 속에서 성장했다. 태평양전쟁이 막바지에 이른 1945년 1월 일본군에 강제징병을 당해 관동군에 배속돼 전투에 참가했다가 소련군에 붙잡혀 포로 신세가 됐고, 하바로프스크 남부지역에서 탈출해 두만강을 넘어 고향까지 찾아간 전설 같은 탈출기도 갖고 있다.

아버지는 어린 시절 할아버지의 교회에 머물던 서양 선교사들에게서 영어를 배워 능숙하게 회화를 구사할 수 있는 실력을 갖췄다고 한다. 온 가족이 38선을 넘어 서울에 왔을 때도 이 영어실력이 '출세'의 발판이 됐다.

그는 미군정청이 실시한 행정고시(모든 과목이 영어로만 출제됐다)에 합격해 사법부 행정참사로 근무했다. 정부수립 후 초대 대법원장을 지낸 김병로가 당시 사법부장으로 그의 상사였다. 그의 직책이 얼마나 요직이었는지를 짐작할 수 있다.

아버지는 막내딸의 평가대로 "너무 일찍 출세했다." 전쟁이 한창인 때에 26세의 나이로 기획처(경제기획원의 전신) 과장이면서 미 국무성 장학생으로 워싱턴 조지타운대학에서 경제학을 공부할 수 있었고, 30세였던 1955년에는 주미경제주재단 단장으로 워싱턴에서 원조와 차관을 따내는 외교활동을 벌였다. 5·16군사쿠데타가 일어난 뒤에도 국가재건최고회의 재경전문자문위원으로 국내산업 육성을 위한 기초작업에 참여했다.

그런 아버지는 43세였던 1968년 미국으로 건너가면서 모든 공직에서 물러난다. 공직생활이 17년으로 비교적 짧았지만, 젊은 나이에 남보다 일찍 선진사회에 눈을 뜨고 있었다.

— 아버지가 외교활동을 많이 해서 음악교육에 관심을 둔 것 같은데요.

"아버지 자신이 음악을 너무 좋아했어요. 워싱턴에 3년 동안 계셨는데, 혼자 지내셨죠. 그 시절에는 국가사정이 어려워 해외파견 공무원이라고 해도 가족들을 함께 보내지는 못했으니까요. 그런데 아버지는 거기서 성악공부를 했다고 해요. 교회에 나가서 노래를 했고, 정식 개인레슨까지 받았대요. 지금도 노래하는 걸 너무 좋아하세요. 꾸준히 발성연습도 하시고. 성악계 선생님들도 아버지를 알아준다니까요."

— 음악적 재능은 아버지 쪽인가요?

"아버지가 귀국하면서 애지중지하며 가져온 게 뭔지 아세요? 변변한 가족선물도 없었는데, 어마어마하게 큰 전축과 몇 백 장이나 되는 LP음반이 전부였어요. 전축이 히트였죠. 그런 물건이 귀하던 시절이라서 사람들이 구경하러올 정도였어요. 음반들도 희귀한 것이라서 방송국 PD들이 빌려가곤 했는데, 세월이 흐르면서 대부분을 잃어버렸어요. 참 아까운 것들이죠. 아버지가 그렇게 음악을 좋아했어요."

— 음악적 재능을 타고났고 환경도 뒷받침됐고, 어찌 보면 유학 결정이 자연스러웠겠네요?

"그렇다고 해도 그 시절에는 쉽지 않았죠. 전반적으로 삶이 삭삭하던 시절이잖아요. 앞을 내다볼 여유도 없이 당장의 배고픔을 면하며 살기도 버거운 생활들이었으니까요.

지금도 아버지에게 고맙게 생각하는 것은 남들보다 많이 배우고 먼저 느낀 만큼 '한국에서 이러면 안 된다'고 판단해 일찍 유학문제를 결정해준 거예요. 그게 대단하신 거죠."

— 아버지가 일찍 막내딸의 유학을 작정하고 계셨군요?

"초등학교 고학년 때로 기억하는데, 오랜만에 집에 계셨던 아버지가 안방에서 막내딸을 앞에 앉히더니 '너 유학 가면 좋겠지?' 하고 묻는 겁니다. 나는 자세히는 모르지만 큰 호기심에 '예!' 하고 대답했어요. 그게 유학 이야기의 시작이었어요."

이성주는 초등학교 3학년 때인 1964년 '서울시향 소년소녀 협주곡의 밤' 무대에서 첫선을 보이며 차세대 연주자로 주목을 받았다. 이어 5학년 때인 1966년에는 이화 경향 콩쿠르에서 특상을 수상해 장학금을 받고 이화여중으로 입학했다. 그즈음 미국유학 준비에 들어갔다.

— 아버지의 유학준비가 치밀했을 것 같은데요.

"실제로 그랬어요. 서울시향을 만든 원로 음악가인 고(故) 김생려의 아들인 김원모 선생이, 처음 귀국 연주회를 가지려 서울에 나왔다가 우리집에 들렀어요. 김원모 선생은 당시 미국 인디애나 음대에서 가르치고 계셨는데, 내가 연주하는 걸 보고 유학을 적극 추천했죠.

김 선생 편에 줄리아드 음악원 갈라미언 교수에게 내 연주 테이프를 보냈고, 얼마 후 갈라미언 교수에게서 나를 받아주겠다는 연락이 왔어요. 다음해인 1969년에 직접 미국 뉴욕으로 가서 정식 오디션을 봤죠. 열네 살의 나이에 집을 떠나 머나먼 미국으로 간다는 게 두렵기도 했지만, 얼마간 호기심도 있었어요.

아버지는 아주 낙관적으로 잘 될 거라고 얘기해줬어요. 그렇게 확신했다기보다 믿으려한 거겠죠. 어머니는 걱정이 태산이었는지 매일 눈물바람이었어요."

_아버지의 결단

이성주의 낯선 유학생활이 조기에 안정을 찾을 수 있었던 것은 김원모 단국대 명예교수의 도움이 절대적이었다. 그 역시 일찍 미국으로 건너가 갈라미언 교수에게 교육을 받았고, 1968년 한국인 최초로 음악 박사학위를 받았다.

"김 선생이 마련해준 한 미국가정에서 3개월간 머물면서 영어도 배우고, 바이올린 연습도 하고, 그런 준비기간을 가졌어요. 그게 미국생활 적응에 큰 도움을 줬어요. 그 집에는 딸만 넷이어서 또래의 친구들로 어울리면서 외로움도 극복할 수 있었죠. 이런 유학초기 적응 프로그램도 아버지가 준비해둔 거였죠."

아버지의 세심한 준비 덕에 별 어려움 없이 미국 적응기간을 거쳤지만, 뉴욕 맨해튼 줄리아드 음악원에 들어가면서 이성주의 힘겨운 '홀로서기'가 시작됐다.

갈라미언 교수는 이성주에게 자신의 조교인 마가렛 파디 선생 집에서 머물도록 했다. 뉴욕 롱아일랜드에 살던 그 여선생 부부에게는 자식이 없었다. 줄리아드 음악원에 온 유학생들에게 숙식을 제공하고 연습을 지도하는 보조교사의 역할을 했는데, 제자들을 자식처럼 여기며 전문연주자로 길러내고 있었다. 그게 그 음악원의 시스템이었다.

— 듣기만 해도 꽉 짜여 있는 생활에 숨이 턱 막혔을 것 같은데요.

"그곳 생활이 그 시절에는 너무너무 싫었어요. 파디 선생은 매일 예정된 연습시간에서 단 1분도 빠뜨리지 않게 밀어붙였어요. 직접 차를 몰아 등하교를 시켰고, 집에 오면 연습을 지도했어요. 연습을 빠뜨리면 저녁을 주지 않는 게 원칙이었죠. 나는 매일 힘들다는 편지를 써서 엄마에게 보내고, 또 엄마는 그 편지를 보면서 눈물바람이 되고……."

— 힘들지 않은 유학생활이 어디 있겠어요.

"정말 지옥 같다는 생각을 했어요. 하지만 그 시절이 아니었다면 지금의 이성주는 없었을 거예요. 지금도 파디 선생에 대한 고마움을 가장 많이 느껴요."

— 향수병이 가장 큰 적이었을 텐데.

"토요일마다 맨해튼에 있는 음악원의 예비학교에서 레슨을 받았어요. 그 수업이 끝나면 파디 선생은 어린 제자가 향수병에 걸리지 않도록 가끔씩 맨해튼 56번가에 있는 한국식당과 식료품점에 들를 수 있게 해줬어요. 그게 유일한 낙이었는데, 힘겨운 학교생활 가운데서도 나름대로 뉴욕생활의 재미를 찾으려고 노력했어요. 그런 생활이 사춘기가 지나가는 중학교 시절로 이어졌어요."

── 그즈음 가족들이 뉴욕으로 옮겨왔는데.

"가족들과 함께 지낼 수 있는 여건은 아니었어요. 가족들이
모두 함께 살던 좁은 아파트는 음악공부를 하기에 적당하지
않았죠. 그래서 주말에만 식구들과 만났어요. 아버지는 아시
아권 투자회사와 은행에게 컨설팅을 하면서 뉴욕 정착을 위해
애썼고요.

나는 중학교 과정을 마친 뒤 맨해튼에 있는 뉴욕 공립예술
고등학교(라과디아 예술학교의 전신)에 다녔어요. 졸업생 중에
영화배우 알 파치노를 비롯해 미국 문화예술계의 거장들이 즐
비할 정도로 명문이었어요. 내가 졸업한 지 2년 후에 이 학교
를 배경으로 한 뮤지컬, 드라마, 영화가 탄생했는데, 그게 세
계적으로 인기를 모은 〈페임(Fame)〉이에요.

저마다의 개성을 중시하는 풍토, 히피스타일이 대세였던
1970년대의 뉴욕 젊은이들 틈에서 나도 음악적 정서를 키워간
거죠."

── 사춘기에 부모와 떨어져 홀로 감내해야 하는 시기를 보
냈는데.

"만 열세 살부터 열여섯 살까지 정체성 형성에 가장 중요한
시기였지만, 그 시간을 혼자 버텨냈어요. 그래서인지 그 이후
에 어머니와 갈등이 많았어요.

나는 이미 미국의 10대였어요. 1970년대 히피문화가 도시
젊은이들의 일상을 지배하고 있던 시절이었고요. 그런데 어머

니는 여전히 한국식으로 '왜 늦게 들어오느냐, 그 옷차림이 뭐냐'라고 탓하셨으니 마찰이 없을 수가 없었죠."

— 아버지가 더 마음이 놓이지 않았겠죠.

"어머니는 가족의 뒤에서 모든 수발을 다 들었지만, 내색하지 않는 스타일이셨어요.

아버지는 굉장히 낙천적이고 긍정적으로 생각하시는 편이었어요. 늘 '하면 된다'는 식의 희망을 많이 주셨지요. 정신적으로는 그런 아버지에게 의지한 측면이 많았던 것 같아요. 아버지가 속으론 걱정을 많이 했겠지만, 그런 마음을 드러내놓고 딸을 막지는 않았으니까요."

— 아버지가 딸에 대한 생각이 더 각별했던 건가요?

"아버지는 보통의 한국 아버지와 달리 아들과 딸에게 구별 없이 동등한 기회를 주셨어요. 그래서 딸인 내게 특별히 안 된다고 하거나 제한을 두지 않았죠. 그래서 내가 더욱 자유롭게 활동할 수 있었던 것 같아요. 아마 딸의 끼를 막았다가는 크게 잘못될지 모른다는 생각도 하셨던 것 같고요."

— 부모는 자식의 끼를 알면서도, 거기에 휘말려 삶을 그르칠까 더 걱정하게 마련인데요.

"부모의 역할이 자식 인생을 뜻대로 조각해 가는 게 아니라, 자식의 타고난 끼를 찾아내 살려주는 것이라면 아버지가 제대로 역할을 한 거죠. 아마 그게 내가 배운 아버지의 교육관이 아닐까 싶어요. 결국 자식이 타고난 인생을 살지 못하면 스스로도 불행한 일이지만, 그건 부모에게도 불행한 일이잖아요."

줄리아드 음악원 시절에 그의 '지옥 같은 생활'이 빛을 발하기 시작했다. 1975년 핀란드 헬싱키 시벨리우스 국제콩쿠르에서 입상한 데 이어, 뉴욕 비니아프스키 콩쿠르에서 우승했다. 1976년에는 뉴욕의 영콘서트아티스트 오디션에서 우승하며 뉴욕 데뷔무대를 예약받았다.

1978년에는 모스크바에서 차이코프스키 국제콩쿠르에서 퀸엘리자베스 국제콩쿠르에서 입상하면서 음악성을 인정받았다. 1977년에는 음악전문지 〈뮤지컬 아메리카〉가 선정한 '미국 최우수 젊은 연주자'로 선정되기도 했다.

그후 1984년과 1988년 두 차례에 걸쳐 유고연방, 체코, 프랑스, 서독, 오스트리아, 스위스, 이탈리아 등 유럽 7개국을 헨델 페스티벌 오케스트라의 솔리스트로 순회공연을 가진 그녀는 국제적인 연주자로 확고한 자리를 굳혔다.

― 학창시절보다 프로 연주자의 생활이 더 힘들었을 것 같군요.

"1977년 데뷔 이후 약 10년 동안 정신이 없을 정도로 연주여행을 다녔어요. 1년에 몇십 번씩 바이올린과 짐을 챙겨야 하는 생활이었어요. 한때 너무 힘들어 그만두고 싶다는 생각도 들었죠.

1980년대 중반에 세계 각지를 남자가 아닌 여자가, 그것도 동양인 여자가 혼자 다녀야 했으니 힘든 게 어디 한두 가지였겠어요. 매번 다른 사람들과 만나야 하고, 동양인이라고 냉대 섞인 시선도 받아야 하고, 남자들의 치근덕거리는 꼴도 봐야 하고……. 집에서 어머니는 시집갈 때가 됐는데 왜 그렇게 홀로 갈 생각만 하느냐고 타박하고."

— 정신적인 면에선 아버지의 유전자를 받았지만, 생활에선 어머니와 딸의 관계가 더 절대적이었을 텐데.

"그랬어요. 아버지는 큰 틀에서 희망을 주고 어머니는 말 없이 후원해주는 분이셨어요. 그런데 어머니는 자식에 대한 기대가 훨씬 컸어요. 내가 콩쿠르에 참가했다가 돌아왔을 때 어머니에게서는 '잘했다' 소리를 한번도 들은 적이 없어요. '왜 1등을 하지 못했느냐'는 거였죠.

시벨리우스 콩쿠르에 참가했다가 결선진출(4등)로 만족하고 돌아왔는데, 어머니가 '왜 3등 안에 들지 못했느냐'고 하시는 거예요. 너무 화가 나서 내 방으로 가 시벨리우스의 악보 한 권을 다 찢어버렸어요. 그리고는 일부러 그 조각들을 책상 위에 놓고 나와버렸죠. 마구 눈물이 나더라고요. 어머니로선 자식을 향한 인생의 채찍질이었던 셈인데, 그 자식에게는 그보다 더 서운한 게 없었던 거죠. 남도 아닌 어머니가 그러실 수 있느냐 싶었어요.

어머니는 우리 집안의 중심이었어요. 가족들은 물론 친척들까지 보듬어가면서 이끌어간 게 맏며느리였던 어머니의 힘이 었어요. 1996년 당뇨로 76세에 돌아가셨는데, 아버지가 마지막 까지 정말 정성을 다했어요. 어머니는 영어 못 하니까 24시간 붙어서 수발을 다 들고 좋다는 의사들은 죄다 찾아다니고."

그의 가족들은 현재 대부분 미국에서 살고 있다. 작은언니 는 서울대 음대에서 피아노를 전공했지만 전문연주가의 길로 가지는 않았다. 큰오빠는 부동산 컨설턴트, 작은오빠는 한의 사로 활동하고 있다.

_낯선 교육과 한 판

1994년 막 40줄에 접어든 이성주는 서울시립교향악단 등과 협연무대를 갖기 위해 잠시 귀국했다. 연주회가 무사히 끝난 뒤 이강숙 한국예술종합학교 총장에게 인사를 하러 갔다가 대 뜸 "나중에 따로 보자"는 말을 듣고 돌아왔다.

그리고 그의 사무실을 나온 지 불과 몇 시간이 지났을 뿐인 데, 이 총장이 전화를 걸어와 "당장 만나야겠다"면서 약속장 소를 일러주었다. 이 총장은 마주 앉자마자 "모든 것을 책임 질 테니 서울로 오라"고 했다. "남편 직장까지 책임지겠다"고 도 했다.

이성주는 연주자로서의 길을 접기에는 아직 이르다고 생각하고 있었다. 이미 그녀는 국제적인 연주자로 더 가치를 높일 수 있는 위치에 있었다. 진작부터 가르치는 길은 '50줄에 들어서면'이라고 생각해온 터였다.

이 총장은 "당신 같은 분이 이제 고국에서 후배들을 길러내야 하지 않겠느냐"고 더욱 기세를 올렸다. 그 단호함에 눌린 이성주는 "생각할 말미를 좀 달라"고 한 뒤 뭔가 크게 잘못하기라도 한 것처럼 무거운 마음으로 그 자리를 나왔다.

하지만 그녀의 주변은 이미 서울 쪽으로 기울고 있었다. 뉴욕 롱아일랜드 대학에서 경영학교수로 재직 중이었던 남편부터 서울행이 썩 나쁘지는 않아 보였다. 아버지와 어머니도 그때는 서울과 뉴욕을 왕래하는 일이 잦았는데, 자식들 중 누군가는 서울에 있었으면 하는 눈치였다.

"우리의 인연은 아무래도 한국에 있었던 것 같아요. 저 혼자 있었으면 그리 안 됐을 것인데, 가족이라는 울타리 속에서는 내가 서울로 오는 게 여러모로 좋았던 것이죠. 그래서 결국 서울로 돌아오기로 결정했어요.

때마침 남편도 한국증권거래소(현재 서강대 교수)에서 자리를 찾았고, 서류까지 준비하는 데 불과 두 달밖에 안 걸릴 정도로 일사천리로 진행됐어요."

25년 만에 돌아온 서울은 이성주에게 낯선 곳이었다. 어쩌면 대의를 위해 '희생'한다는 생각에 결단을 내린 것이지만, 서울은 자신을 썩 반기는 것 같지 않았다. 그 사이 자신과 그 도시 사이에 알 수 없는 벽이 생긴 것이다.

— 가장 먼저 느낀 벽이 어떤 것이었나요?

"힘겹게 귀국하겠다는 결정을 내려 한숨을 돌리려는데, 아무런 준비도 없이 돌아와보니 또 다른 산들이 기다리고 있었어요. 25년을 해외에서 산 내게 모국은 낯설기만 했어요. 음식부터 사람들과의 관계, 생활풍습을 헤아려가는 과정이 쉬운 일이 아니었어요. 연주자로서 경력도 다시 한번 쌓아야 하고. 가장 중요한 것은 학생들에 대한 무거운 책임감이었어요."

— 한국예술종합학교에 오기 위해 한국 국적까지 되찾았다던데.

"사실 미국 시민권을 받은 것은 1978년 모스크바에서 열리는 차이코프스키 콩쿠르에 참가하기 위해서였어요. 한국 국적으론 공산권 나라에 들어가지 못했으니까요. 그 콩쿠르는 꼭 한번 참가하고 싶은 경연이었고, 그래서 할 수 없이 미국 국적을 받았죠.

그런데 다시 한국에 돌아와 교수를 하려니까 한국 국적을 회복해야 한다는 거예요. 그때는 단단히 결심을 한 터라 별다른 고민 없이 국적을 다시 찾았죠. 그런데 그거 아세요. 그 다음해에 외국인 교수도 국내취업이 가능하도록 법이 바뀌었어요(웃음)."

— 국적 문제를 놓고 고민하진 않았나요?

"크게 개의치 않았어요. 당연하다고 생각했죠. 미국에서 내가 국적을 바꾼 것은 비자 문제 때문이었는데, 이제는 한국여권으로도 세계 어느 나라에나 갈 수 있는 시대가 됐으니 문제가 없는 거죠(웃음)."

— 미국에서 결혼도 했고 연주생활도 안정적이었을 때 2세를 생각했을 텐데.

"하느님이 그것까지는 선물로 주지 않더라고요(웃음). 일부러 그런 게 아니라 아이가 생기지 않은 거예요. 그런데 한국에 돌아와서는 정말 아이를 갖겠다는 생각이 사라져버렸어요. 서울의 교육환경을 보고 말이에요. 그 열성적인 어머니들을 당할 수가 없겠더라고요(웃음)."

— 자식 잘되는 일이라면 물불을 가리지 않는 한국 부모들의 열정에 치인 거군요.

"그 열정은 정말 대단하죠. 1990년대 중·후반만 해도 음악교육의 주도권은 선생이 아니라 부모들에게 있었어요. 선생의 교수법이나 인격은 뒷전이고, 자신들이 파악한 정보가 최우선이라는 식이었으니까요."

— 그런 부모들을 어떻게 상대했나요?

"처음에는 어리둥절했지만, 시간이 지나면서 내 나름의 원칙을 세웠죠. '제 기준대로 합니다. 그걸 인정할 거면 아이를 제게 보내고, 아니면 데려가세요'라고요. 부모들에게 휘둘리지 않는 원칙을 세우고, 그것에 따라 공평하게 일을 처리하는 게 최선의 공격법이라고 생각한 거죠. 한때는 '내가 왜 여기 돌아왔나' 하는 후회가 들 때도 있었어요."

— 그런데도 한국의 음악교육 수준이 많이 달라졌다는 평가인데.

"그래요. 지금은 우리 학교의 예비학교처럼 조기 영재교육이 가능해서 음악교육을 초등학교 1학년 때부터 시작하니까 예전보다는 실력에선 많이 나아졌죠. 그리고 예전에는 서울과 지방의 차이가 컸지만, 지금은 비슷한 수준이 됐어요. 그만큼 지방에서도 훌륭한 선생님들이 많이 노력하고 있다는 얘기지요."

— 지금도 유학을 가는 학생들이 많은데요.

"미국에서 배운 내가 서울에 돌아와서 제자들을 가르쳐놓았더니, 그 제자들이 다시 학위 따러 미국에 나간다고 하는 거예요. 처음에는 그런 현실을 인정하기가 쉽지 않았어요. 특히 한국예술종합학교의 설립취지가 유학을 가지 않아도 한국에서 세계수준의 교육을 받을 수 있게 하자는 거잖아요.

하지만 한국에서 연주가로 성장하거나 교육분야에 진출하려면 외국 대학의 학위가 없으면 인정을 받지 못하는 풍조가 변하지 않으니 어떡하겠어요. 이제 학생들에게는 연주실력이 아니라 학위라는 타이틀이 더 중요해진 거예요."

— 제자들에게 평소 강조하는 게 무엇입니까?

아버지, 내 무대의 파트너

"정말 목숨 걸고 이거 아니면 안 된다는 마음으로 하라는 거예요. 아무리 상황이 많이 바뀌고 좋은 환경에서 음악을 한다고 해도 결국 자신과의 싸움이거든요.

지금 생각해보면 아버지나 어머니가 좋은 환경을 만들어주시기도 했지만, 나와의 싸움에서 이기는 법을 가르쳐준 것이 가장 값진 선물이었던 것 같아요."

— 음악교육은 아직도 돈이 많이 드는 귀족교육인 것 같은데요.

"이제 그런 인식도 바뀌고 있지 않나요? 일반대학에 보내려는 부모들이 자식들의 과외비로 얼마를 쓰는지 한번 계산해보세요. 영어, 수학 과외에 비하면 오히려 음악레슨은 정말 싼편일 거예요.

무엇보다 중요한 것은 대학 타이틀을 위한 음악이 아니라, 진정으로 음악을 직업으로 삼고자 하는 학생들을 위한 교육이어야 하는데……."

— 여전히 음악적 재능이 먼저냐, 환경이 먼저냐 논쟁이 있어요.

"환경이 만들어줄 수 있는 것은 한계가 있어요. 대학진학까지는 환경의 힘으로 가능하겠지요. 하지만 그 이후 음악가로서의 삶을 결정하는 것은 오로지 자기 몫이에요.

요즘 들어 대학에 진학할 수 있을 정도의 학생들은 많아졌지만, 연주가로 대성할 만큼 타고난 게 보이는 학생들은 드물어졌어요. 모두들 고만고만한 거죠. 그래서 입시 때 학생들을 선발하는 게 더 힘들어졌어요.

줄리아드 음악원에서 딜레이 교수가 그랬어요. '누구나 자유자재로 연주할 수 있는 기술을 습득할 수 있다. 나는 누구든지 그런 바이올리니스트로 키울 수 있다. 하지만 음악가를 키우진 못한다'라고요."

— 서울에 돌아온 것을 후회하지는 않는지요?

"제자들이 성장하는 걸 보면 그런 생각이 들다가도 사라져요. 그래도 내가 결심하고 한국에 돌아온 '그 이후'가 많이 바뀌어가고 있다는 것을 느끼니까 보람이 있어요.

자식이 없다는 점에 대해서도 별로 섭섭한 게 없어요. 너무 많은 제자들이 모두 내 아이들이니……. 갈라미언 교수도 자식이 없었고요. 스승을 닮아서 그런지 그런 문제에 크게 연연하지 않고 살았어요. 요즘은 자식 없는 부부가 참 많은 것 같아요. 그렇다고 가족이 갖는 의미가 줄어들지는 않잖아요?"

이성주 교수는 평소보다 무대에서 연주할 때가 훨씬 더 커 보인다. 활을 다루는 동작이 그렇거니와, 음악을 만들어가는 당찬 모습이 그렇게 느끼게 한다.

거기에 슬쩍슬쩍 화려한 멋을 낼 때가 있다. 관객들에게 '이런 멋을 본 적이 있느냐'고 유혹하듯이. 가끔씩 분홍빛깔이 많이 들어간 빨간색 드레스로 등장할 때면 객석에선 '아!' 하는 탄성이 일기도 한다. 그건 그녀가 작정하고 관객유혹에 나설 것이라는 예고이기 때문이다.

그때는 순수한 것 같으면서도, 누구든 포용할 수 있을 것 같은 너른 음악이 연주회장을 채운다. 삶이 곰삭아 '머언 먼 젊음의 뒤안길에서 인제는 돌아와 거울 앞에 선 내 누님같이' 지친 삶들을 위로해준다.

그래서 무대 위에 섰을 때도, 무대 아래에 앉았을 때도 항상 그녀 주변으로 사람들이 모인다. 까칠한 성격에다 '민감증후군'에 시달리는 여느 연주가들과는 다른 그녀만의 인간적인 매력이 거기에 있다. 그건 내가 눈여겨보아온 그녀의 아버지에게서 느껴지는 풍모이기도 하다.

— 인생에서 바이올린은 무슨 의미인가요?

"나의 평생 벗이자, 나를 이 세상의 한 사람으로 존재할 수 있게 해준 생명이죠. 악기를 통해 말로는 표현할 수 없는 음악을 전할 수 있는 특권을 내가 갖고 있는 거지요. 내 삶도 관객과 함께할 수 있는 무대가 있어서 의미를 더해가는 것이고요. 무대는 참으로 힘든 자리이기도 해요."

— 그래도 무대가 자유로운가요?

"아무리 오랫동안 연습하고 연주한 곡이라도 무대에 설 때마다 새로운 두려움, 흥분감, 기대감이 들어요. 한번이라도 실수하면 어떡하나, 음악이 제대로 전달될까 하는 생각으로 무대에 올라요.

하지만 연주가 시작되고 차차 악보에 빠져들다 보면, 어느덧 음악에 몰입하게 되고 두려웠던 무대가 점점 자유로워지죠. 좀 더 여유가 생기면 관객의 반응도 느껴지기 시작하고요. 그러면서 연주회장이 하나로 엮어지고 있다는 걸 느껴요.

그러니 연주자는 무대를 사랑하고, 무대는 연주자에게 없어서는 안 되는 공간이죠. 그런 세상을 느끼게 된 건 아버지가 내게 준 가장 큰 선물일 거예요."

이성주 교수는 1997년 자신의 영어이름 '조이'를 딴 젊은 챔버오케스트라 '조이 오브 스트링스'를 창단해 이끌고 있다. "학생들의 스승이기에 앞서 한 음악가 선배로서 제자들과 함께 호흡할 수 있는 공간을 마련하고 싶었다"고 한다. 이를 통해 배출한 제자들과 활동이 그의 큰 자산이다.

그런데도 클래식 공연문화가 아직은 무르익지 않은 형편이어서 음악하기가 녹록치 않다. 이를 보다못해 아버지가 몇 년 전 연습실을 마련해주었다. 서울 서초동 예술의전당 앞에 위치한 '진 뮤직 갤러리'다. 전시회는 물론 살롱음악회에다 연습실까지 갖췄고, 클래식 동호인들의 모임장소로도 애용되고 있다.

이진수-이성주 드림팀은 마지막 프로젝트를 준비하고 있다. 아버지가 운영해온 갤러리와 '조이 오브 스트링스'를 함께 운영하는 재단을 설립하는 것이다. 상설 살롱음악회와 실내악단 운영을 연계하는 음악비즈니스의 피날레가 되는 셈이다.

판소리에는 '일고수이명창(一鼓手二名唱)'이라는 말이 있다. 북을 치는 사람이 첫째이고 소리 잘하는 이는 그 다음이라는 것인데, 아무리 명창이라 해도 고수가 잘해야 실력을 발휘할 수 있다는 뜻이다.

이 교수에게는 아버지가 '고수'다. 아버지는 딸에게 음악적 유전자를 물려주었고, 끼가 많고 대담한 딸이 그 유전자를 발현할 수 있도록 배려해주었다. 그 딸은 아버지가 일궈놓은 터전에서 일탈의 위기를 넘기며 아버지에게 명연주자의 영광을 돌려주었다.

그런 점에서 이 교수와 아버지는 인생의 성공작을 만드는 데 최상의 동업자였다. 그건 서로의 장단점과 기대치를 꿰뚫고 있고, 어떤 경우에도 상대를 실망시키지 않으려 자신의 무대를 지키는 관계일 때만 가능하다. 가장 편하면서도 가장 긴장된 관계다.

그래서 아버지와 자식 간의 동업은 그 기대치의 수위를 잘 조절해야 하는 최고난도의 예술일지도 모른다. 삶을 위로하는 하모니가 나올 때까지 수없이 악보를 고쳐쓰고 악기를 조율해야 하는 음악처럼 말이다. 뉴욕 데뷔 이후 30년의 음악인생에서 이성주 교수와 아버지는 그 동업의 법칙을 터득한 것이다.